SCIENCE FICTION

Herausgegeben von Wolfgang Jeschke

Ein Verzeichnis aller STAR TREK-Romane
finden Sie am Schluß des Bandes.

MICHAEL JAN FRIEDMAN

DIE VERSCHWUNDENE BESATZUNG

Star Trek®
Starfleet Kadetten
Band 11

Deutsche Erstausgabe

WILHELM HEYNE VERLAG
MÜNCHEN

HEYNE SCIENCE FICTION & FANTASY
Band 06/6511

Titel der Originalausgabe
STAR TREK: THE NEXT GENERATION
STARFLEET ACADEMY # 6
MYSTERY OF THE MISSING CREW

Aus dem Amerikanischen übersetzt von
UWE ANTON

Umwelthinweis:
Dieses Buch wurde auf
chlor- und säurefreiem Papier gedruckt.

Redaktion: Rainer Michael Rahn

Erstausgabe bei Pocket Books,
a division of Simon & Schuster, Inc., New York

Printed in Germany 1996
Umschlagbild: Catherine Huerta/Pocket Books
Innenillustrationen: Todd Cameron Hamilton
Umschlaggestaltung: Atelier Ingrid Schütz, München
Technische Betreuung: M. Spinola
Satz: Schaber Satz- und Datentechnik, Wels
Druck und Bindung: Ebner Ulm

ISBN 3-453-10929-5

STARFLEET-Zeittafel

2264 Beginn der Fünfjahresmission der *USS Enterprise NCC-1701* unter Captain Kirk.

2292 Die Allianz zwischen dem Klingonischen Imperium und dem Romulanischen Reich zerbricht.

2293 Colonel Worf, Großvater von Worf Rozhenko, verteidigt Captain Kirk und Doktor McCoy bei ihrem Prozeß wegen Mordes am klingonischen Kanzler Gorkon. Friedenskonferenz zwischen dem Klingonischen Imperium und der Föderation auf Khitomer [Star Trek VI].

2323 Jean-Luc Picard beginnt die vierjährige Ausbildung an der Starfleet-Akademie.

2328	Das Cardassianische Imperium annektiert Bajor.
2341	Data beginnt die Ausbildung an der Starfleet-Akademie.
2342	Beverly Crusher (geb. Howard) beginnt die achtjährige Ausbildung an der Medizinischen Fakultät der Starfleet-Akademie.
2346	Massaker der Romulaner auf dem klingonischen Außenposten Khitomer.
2351	Die Cardassianer erbauen im Orbit um Bajor eine Raumstation, die sie später aufgeben werden.
2353	William T. Riker und Geordi LaForge beginnen die Ausbildung an der Starfleet-Akademie.
2354	Deanna Troi beginnt die Ausbildung an der Starfleet-Akademie.
2356	Tasha Yar beginnt die Ausbildung an der Starfleet-Akademie.

2357 Worf Rozhenko beginnt die Ausbildung an der Starfleet-Akademie.

2363 Captain Jean-Luc Picard tritt das Kommando über die *USS Enterprise, NCC-1701-D* an.

2367 Wesley Crusher beginnt die Ausbildung an der Starfleet-Akademie.

Zwischen den Cardassianern und der Föderation wird ein unsicherer Waffenstillstand geschlossen.

Angriff der Borg im Sektor Wolf 359; unter den Überlebenden sind Lieutenant Commander Benjamin Sisko, Erster Offizier der *Saratoga,* und sein Sohn Jake.

Die *USS Enterprise-D* besiegt das Schiff der Borg im Erdorbit.

2369 Commander Benjamin Sisko tritt das Kommando über Deep Space Nine im Orbit von Bajor an.

Quelle: *Star Trek Chronology* von Michael und Denise Okuda

Für Drew Leslie Friedman,
der sich den
Zeitpunkt selbst ausgesucht hat

PROLOG

Erdzeit 2338 Data öffnete zum ersten Mal die Augen und stellte fest, daß er auf einer Steinplatte inmitten einer großen Lichtung lag. Der Himmel war ein Tuch aus eintönigem Grau, die Luft war unbewegt und unnatürlich leise.

Und er war nicht allein.

Vier Personen standen über ihn gebeugt – drei Männer und eine Frau, alle humanoid, alle mit Starfleet-Uniformen bekleidet. Einer der vier, ein schmaler Mann mit blondem Haar und hohen Wangenknochen, kniete nieder, um ihn besser in Augenschein nehmen zu können. Als einziger der gesamten Gruppe war er in das Preiselbeerrot der Kommandoränge gekleidet.

»Er ist wach«, sagte der Mann und riß die Augen auf. Er schien über seine eigene Schlußfolgerung überrascht zu sein.

Data reagierte nicht darauf. Schließlich wußte er nicht, ob eine Bemerkung angebracht war.

»Erstaunlich«, murmelte einer der anderen Offiziere, ein Mann mit Sommersprossen und rotem Haar. Er schaute auf seinen Tricorder. »Elektronische Aktivität in der Gegend, in dem sein Gehirn gerade … auf eine ganz andere Ebene gesprungen ist.«

»Unsere Anwesenheit muß irgendein Aktivierungssystem ausgelöst haben«, vermutete das dritte

Mitglied der Gruppe, ein breiter Mann mit harten, dunklen Augen und einem schwarzen Bart.

Der vierte Offizier kniete neben dem schmalen Mann nieder. Es war die Frau; sie hatte angenehme Gesichtszüge und hellbraunes Haar. Sie trug das Blau des medizinischen Korps.

»Mein Name ist Dr. Reynolds«, sagte sie, »aber meine Freunde nennen mich Kathy Lou. Und das«, sagte sie und nickte zu dem schmalen Mann in der Kommandouniform hinüber, »ist Commander Sahmes. *Seine* Freunde nennen ihn Tim.«

Der Androide begriff, was sie taten. »Ich werde... Data genannt«, erklärte er.

»Data ...?« wiederholte der schmale Mann. Es hatte den Anschein, als rechnete er noch mit einem Zunamen.

»Lediglich Data«, erwiderte der Androide. Er setzte sich auf der Steinplatte auf und klopfte eine dünne Staubschicht von seiner Kleidung. Er hatte keine Ahnung, wie lange er dort gelegen hatte, aber wenn sie so schmutzig geworden war, schien es sich um eine beträchtliche Weile gehandelt zu haben.

Ihm kam etwas in den Sinn. »Darf ich fragen«, sagte er, »zu welchem Schiff Sie gehören?«

»Wir kommen von der *Tripoli*«, sagte Commander Sahmes. »Warum?«

Data dachte kurz nach. »Ich habe keine Erinnerungen an die *Tripoli*«, sagte er. »Doch ich weiß, daß es ein Schiff der Hokule'a-Klasse ist. Dr. Ingraham kannte die Regiestriernummer und Klasse eines jeden Schiffs der Flotte. Sternenschiffe waren sein Hobby.«

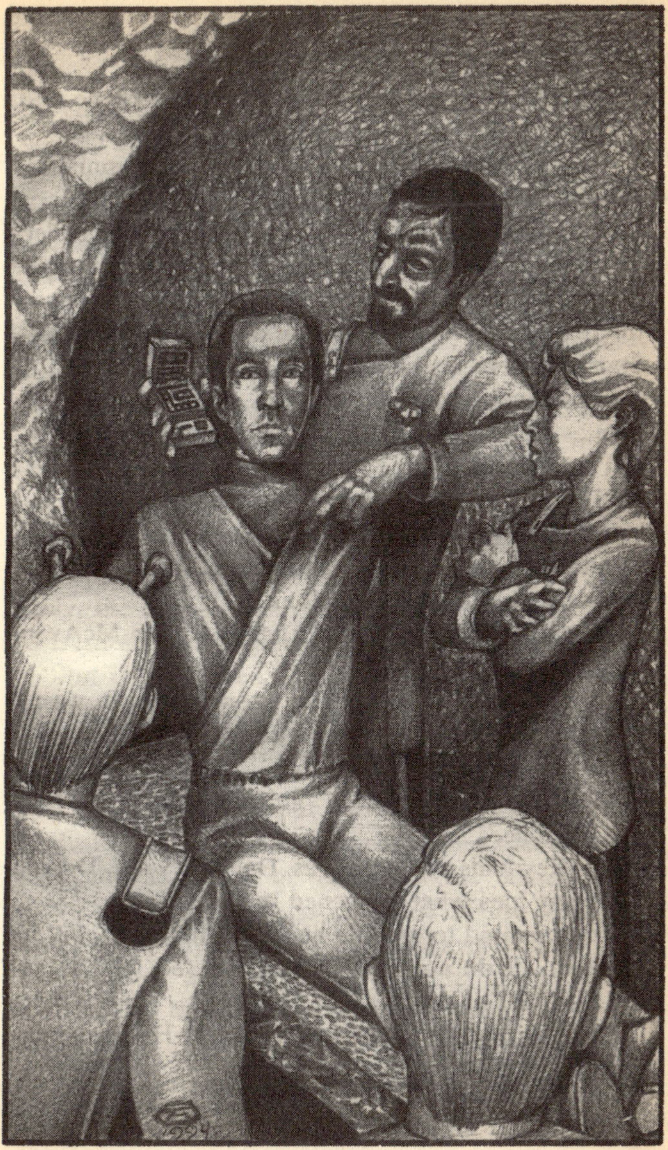

Commander Sahmes musterte ihn genau. »Dr. Ingraham … Sie meinen einen der Kolonisten?«

Der Androide erwiderte seinen Blick. »Ja.«

»Dr. Frederick Ingraham«, stellte der Rotschopf nach einem Blick auf seinen Tricorder fest. »Biochemiker. Zivilist. Ist vor gut einem Jahr nach Omicron Theta gekommen, mit der zweiten Kolonistenwelle.«

Der Commander räusperte sich. »Danke, Mr. McAvennie.«

Data fiel abrupt etwas ein. Es war keine spezifische Erinnerung, nur ein verschwommenes Gefühl der Gefahr, gefolgt von einer unheimlichen Stille.

»Dr. Ingraham ist tot«, sagte er plötzlich. »Sie *alle* sind tot.«

Dr. Reynolds nickte. »Ja, Data, das stimmt. Haben Sie eine Ahnung, was mit ihnen passiert ist?«

Data wollte ihr eine Antwort geben, konnte es aber nicht. »Ich weiß es nicht«, gestand er. »Ich war zu der Zeit nicht … aktiviert.«

»Nicht aktiviert?« wiederholte Sahmes und kniff die Augen zusammen, während er den Androiden musterte. »Aber haben Sie nicht gesagt, Sie hätten Dr. Ingraham gekannt? Er habe Ihnen alles über Schiffe und ihre Registriernummern erzählt?«

»Ich habe nicht mit Dr. Ingraham gesprochen«, erwiderte Data. »Ich habe einfach nur seine Erinnerungen. Um genau zu sein, ich habe die Erinnerungen aller vierhundertundelf Kolonisten, die hier gewohnt haben.«

Dr. Reynolds schüttelte den Kopf. »Das verstehe ich nicht.«

»Ich wurde mit Informationen programmiert, die

die Kolonisten zu unterschiedlichen Zeiten aufgezeichnet haben«, erklärte er. »Ich weiß nicht, *warum* dies geschah ... nur, *daß* es so ist.«

Der Commander runzelte die Stirn. »Ich verstehe.«

Data hatte den Eindruck, daß er gar nichts verstand. Offensichtlich, sagte der Androide sich, mußte er noch einiges über die menschliche Natur lernen.

»Aber wenn Sie damals nicht bei Bewußtsein waren«, fragte die Ärztin, »woher wissen Sie dann, daß die Kolonisten tot sind?«

Data spürte, wie sich etwas in ihm ganz leicht zusammenzog. »Es ist nicht leicht, es mit Worten auszudrücken«, sagte er.

»Nur ... ein Gefühl?« bot Commander Sahmes an.

»Ich bin zu Gefühlen nicht fähig«, erwiderte der Androide. »Sie sind in meiner Programmierung nicht enthalten. Doch die Kolonisten *hatten* Gefühle, und ihre Aufzeichnungen sind mit einer Art ...« Er suchte nach dem richtigen Begriff. »... Vorahnung erfüllt«, sagte er schließlich.

Das Stirnrunzeln des schmalen Mannes wurde stärker. »Ich verstehe«, sagte er erneut.

»Commander?«

Alle drehten sich zu der fernen Stimme um. Zwei weitere Offiziere, ein Mann und eine Frau, kamen über einen kleinen Hügel. Die Frau war es gewesen, die Sahmes gerufen hatte.

»Ja?« antwortete der Commander.

»Das gesamte pflanzliche Leben hier hat sich braun verfärbt«, erwiderte die Frau. Mit einem fast mühelosen Laufschritt verkürzten sie und ihr Begleiter die Entfernung zu der größeren Gruppe. »Vielleicht ist es nur eine Art Winterschlaf ... ein jahreszeitlich bedingter Zustand. Aber wenn Sie mich fragen, ich glaube, die Vegetation stirbt ab.«

Als sie Data erblickte, öffnete sie verwirrt den Mund. Doch im nächsten Augenblick schien sie sich wieder in den Griff zu bekommen und schloß ihn wieder.

Warum sind diese Leute so überrascht, mich zu sehen? fragte der Androide sich. In den ungeheuren Weiten ihrer sternenumfassenden Föderation mußte es irgendwo bestimmt noch andere wie ihn geben.

Oder etwa nicht?

Dr. Reynolds räusperte sich. »Was auch immer die Kolonisten getötet hat, muß auch Einwirkungen auf die Flora gehabt haben. Alles hängt irgendwie zusammen.«

»Zweifellos«, pflichtete Sahmes ihr bei. »Aber das werde ich erst melden, sobald ein paar unserer Biologen runtergekommen sind und sich davon überzeugt haben.«

»Wir sollten es dem Captain sagen«, riet der Bärtige.

»Ja«, sagte die Ärztin. »Aber warten wir damit, bis wir mehr Informationen haben. Es ist sinnlos, ihn zu wecken, während er sich noch von diesem Virus erholt, das er sich eingefangen hat … besonders, wenn er hier unten sowieso nichts tun kann.«

»Commander Sahmes«, setzte Data an, »darf ich Ihnen noch eine Frage stellen?«

»Klar«, sagte der Commander, und sein Gesichtsausdruck verriet seine Neugier. »Schießen Sie los.«

Der Androide ließ sich Zeit, um die Frage zu formulieren. Er wollte eine ganz einfache Information in Erfahrung bringen, aber gleichzeitig war es auch eine sehr *wichtige*.

»Was wird jetzt aus mir werden?« sagte er schließlich.

Sahmes sah ihn an und seufzte. »Das hängt davon ab«, sagte er, »was Captain Thorsson mit Ihnen anstellen will.«

»Machen Sie sich keine Sorgen«, fügte Dr. Reynolds hinzu. »Wir werden Sie nicht einfach hier zurücklassen, Data.« Sie hielt inne. »Das heißt ... wenn Sie es nicht *wollen*.«

Der Androide dachte kurz darüber nach. Schließlich gelangte er zu einem Schluß. »Nein«, sagte er. »Das würde mir nicht gefallen.« Er schaute von einem Gesicht aus Fleisch und Blut zum anderen. »Ich glaube, ich wurde konstruiert, um unter empfindungsfähigen Wesen zu weilen«, sagte er. »Besonders unter Menschen. Mein Äußeres ist ein deutlicher Hinweis darauf, daß mein Schöpfer dies im Sinn hatte.«

Die Ärztin betrachtete ihn mit einer neuen Regung ... ein wenig traurig, dachte Data. »Dann bin ich mir sicher, daß wir einen Platz für Sie finden werden«, versicherte sie ihm. *»Irgendwo.«*

Data setzte sich zögernd auf das Biobett, auf das Dr. Reynolds gezeigt hatte, und schaute dann von ihr zu Commander Sahmes. »Etwa so?« fragte der Androide.

Die Ärztin nickte. »Ja«, sagte sie. »Genau so. Wenn Sie nichts dagegen haben, ein paar Minuten zu warten, holen wir jetzt den Captain. Er ist schon ganz versessen darauf, Sie kennenzulernen.«

Data fragte sich, wieso Dr. Reynolds den Captain persönlich holen mußte, obwohl sie ihn doch über das Intercom-System des Schiffes hätte rufen können. Doch sie war schon auf halbem Weg zum Ausgang, bevor er sich danach erkundigen konnte. Einen Augenblick später glitt die Tür hinter ihr und Commander Sahmes zu, und der Androide war allein.

Vielleicht würde er eine Antwort bekommen, sobald sie auf die Krankenstation zurückkehrte, überlegte Data. Bis dahin konnte er über eine Vielzahl von Themen nachdenken. Zum Beispiel... wer hatte ihn geschaffen? Zu welchem Zweck? Und warum war er nicht mit dem Rest der Kolonie auf Omicron Theta vernichtet worden?

Der Androide schaute sich in der ansonsten leeren medizinischen Einrichtung um. Den Erinnerungen der Kolonisten zufolge waren die Geräte hier viel fortgeschrittener als alles, was der Kolonie zur Verfügung gestanden hatte. Das erfüllte ihn mit der Zuversicht, daß Dr. Reynolds und ihre Kollegen früher oder später die Antworten auf seine Fragen finden würden.

Dann betrachtete er die goldene und schwarze Uniform, die seine Wohltäter ihm besorgt hatten. Auch sie löste irgendwie Zuversicht aus – nicht nur wegen ihres Aussehens, sondern auch, weil sie sich auf seiner künstlichen Haut hervorragend anfühlte. Sie saß beträchtlich besser als der Overall, in dem man ihn gefunden hatte – und das beruhigte ihn irgendwie, auch wenn er nicht sagen konnte, warum.

Abrupt öffnete sich die Tür wieder mit einem Zischen. Doch weder die Ärztin noch Commander Sahmes kam herein. Es war ein grauhaariger Mann mit tief zerfurchtem Gesicht und dunklen, zotteligen Brauen.

Zuerst schien der Neuankömmling Data nicht zu bemerken. Er war zu sehr in seine Gedanken vertieft, um irgend etwas anderes als ein Büro am anderen Ende der Krankenstation zu bemerken, auf das er zielstrebig und mit langen Schritten zuhielt.

Als er sah, daß das Büro leer war, murmelte er irgendeine Beschwerde und ging zu einem anderen Biobett, das neben dem des Androiden stand. Er setzte sich auf das Bett, drehte sich, lehnte sich zurück und verschränkte die Hände hinter dem Kopf. Und erst dann bedachte er Data mit einem höchst beiläufigen Blick.

»Zu einer Routineuntersuchung hier?« fragte der Mann ziemlich beiläufig. Er schien eine kahle Stelle an der gegenüberliegenden Wand anzustarren, wenngleich das Motiv dafür dem Androiden verborgen blieb.

»Den Anschein hat es«, erwiderte Data.

Sein Nachbar murmelte etwas Unverständliches. »Wäre es bei mir doch nur auch so. Doch offenbar habe ich mir auf Tellarion Vier dieses Virus gefangen, und Doc Reynolds will sich vergewissern, daß es nicht ansteckend ist. Sie will sichergehen, daß niemand außer *mir* daran stirbt.«

Der Androide wußte nicht genau, wie er angemessen auf diesen Kommentar antworten sollte. Ihm fiel lediglich die Bemerkung ein: »Das ist eine bewundernswerte Einstellung.«

Der Mann schaute noch immer zu der Wand, doch nun runzelte er die Stirn, wodurch die Falten in seinem Gesicht noch tiefer wurden. »Ich nehme an, das war ein *Scherz*, mein Sohn?«

Erneut wußte Data nicht, was er sagen sollte. »Ein

Scherz?« wiederholte er – ziemlich lahm, wie er dachte.

»Genau, mein Sohn, ein Scherz. Dort, woher Sie kommen, gibt es doch Witze... oder?«

Der Androide dachte über die Frage nach. Er kam zum Schluß, daß er sie nur beantworten konnte, indem er die Erinnerungen der Kolonisten durchging – eine Tätigkeit, die kaum einen Sekundenbruchteil in Anspruch nahm.

»In der Tat«, erwiderte er, »gibt es dort, woher ich komme, Witze. Offensichtlich sogar sehr viele.«

Plötzlich wurde das Verhalten seines Nachbarn deutlich ernster. Mit einem lauten Seufzen schloß der Mann die Augen und massierte die Wurzel seiner Adlernase.

»Erzählen Sie mir einen, ja, mein Sohn? Einen *guten*. Ich hatte eine elende Nacht, und ein wenig Humor würde mich aufheitern.«

Data hätte ihm den Gefallen gern getan, konnte es aber nicht. Obwohl die Kolonisten zahlreiche Verweise auf Witze gemacht hatten, schienen sie von keinem einzigen den vollständigen Text geliefert zu haben. Oder vielleicht doch, und er erkannte die Witze einfach nicht als solche.

»Das... ist mir nicht möglich«, erwiderte er.

Der Gesichtsausdruck seines Nachbarn nahm leicht gequälte Züge an. »Sie können mir keinen Witz erzählen?« sagte er ungläubig. Endlich drehte er sich zu dem Androiden um und öffnete die Augen. »Das ist doch *absurd*...« Er verstummte abrupt.

Einen Augenblick lang schien der Mann zu erstarren, jede Fähigkeit der Bewegung oder Sprache zu verlieren. Dann richtete er sich in eine sitzende Position auf und gab ein ersticktes Geräusch von sich.

»Verdammt, was … was *sind* Sie?« fragte er und riß die Augen unter den üppigen Brauen weit auf. »Woher kommen Sie, Mister?« fragte er dann, als er sich wieder in der Gewalt hatte.

Data erwiderte den Blick des Mannes und schickte sich an, ihm zu erklären, daß er ein Androide war.

Doch er war noch nicht sehr weit gekommen, als die Tür der Krankenstation sich wieder öffnete – und diesmal kamen tatsächlich Doktor Reynolds und Commander Sahmes herein. Als Datas Nachbar sich zu ihnen umdrehte, verharrten sie abrupt.

»Was geht hier vor?« polterte der Mann. »Reynolds? Sahmes? Kann mir jemand sagen …«

Der Commander schluckte. »Wir wollten Ihnen … persönlich über unseren … Freund hier berichten, Sir. Um Sie auf ihn vorzubereiten. Denn *er* ist die künstliche Lebensform, von der wir Ihnen erzählt haben.«

Die Ärztin räusperte sich leise. »Captain Thorsson … das ist Data, der einzige Überlebende der Kolonie Omicron Theta.«

Die Brauen des Captains zogen sich über der Nase zusammen, als er seine Aufmerksamkeit wieder auf den Androiden richtete. »*Sie* sind das Ding, das sie in den Ruinen gefunden haben?« flüsterte er.

Data nickte. »Das bin ich in der Tat.«

Captain Thorssons Gesichtsausdruck zufolge vermutete der Androide, daß der Mann jetzt dringender als je zuvor Humor benötigte. Er hoffte, daß jemand auf der *Tripoli* einen guten Witz kannte.

Oder vielleicht auch mehrere.

1

Erdzeit 2341 Als das Wesen namens Data durch den Schiffskorridor ging, wurde es erneut daran erinnert, wie *anders* es war. Es unterschied sich nicht nur von jedem Besatzungsmitglied hier auf der *USS Yosemite,* sondern von jedem anderen Wesen im gesamten Universum.

Das bemerkte Data nicht zuletzt daran, daß zahlreiche Besatzungsmitglieder in ihren Gesprächen innehielten, wenn es sich ihnen näherte. Er sah es in ihren langen, neugierigen Blicken. Er hörte es, wenn sie über ihn flüsterten, in der Annahme, er sei außer Hörreichweite.

»Er ist so bleich. Er sieht aus, als hätte man ihm den letzten Tropfen Blut abgezapft.«

»Er hat doch gar kein Blut. Wie ich gehört habe, braucht er das Zeug nicht.«

»Hast du seine Augen gesehen? Sind sie wirklich *gelb?*«

»Eher golden, glaube ich. Die Farbe von manchen metallenen Chips. Ziemlich unheimlich, wenn du *mich* fragst.«

Er konnte ihnen ihre Blicke nicht verdenken, oder die Bemerkungen, die sich machten. Schließlich war Neugier ein menschlicher Wesenszug, und sie hatten ein Geschöpf wie ihn noch nie gesehen.

Data war ein Androide, eine künstliche Intelligenz in menschlicher Gestalt. Während die echten Men-

schen Gehirne und Nervensysteme hatten, besaß er ein positronisches Netzwerk. Während sie Haut hatten, verfügte er nur über ein synthetisches Material, das wie Haut *aussehen* sollte, und während sie Instinkte und Gefühle hatten, besaß er …

Nichts.

Natürlich konnte er Dinge tun, die Menschen nicht möglich waren. Er konnte mathematische Probleme genauso schnell wie jeder Computer lösen. Was Kraft und Schnelligkeit betraf, war er jedem organischen Wesen weit überlegen. Und angesichts der Haltbarkeit der Materialien, die bei seiner Herstellung benutzt worden waren, würde er wahrscheinlich noch lange, nachdem seine Gefährten aus Fleisch und Blut an Altersschwäche gestorben waren, eine funktionierende Wesenheit bleiben.

Ja, natürlich, er war anders. So sehr, daß er sich fragte, ob es eine gute Idee gewesen war, sich überhaupt bei der Starfleet-Akademie zu bewerben.

Leider war es für Zweifel ein wenig spät. Die *Yosemite* war bereits auf dem Weg zur Erde, auf der Data und eine Handvoll anderer neuer Kadetten genauso ausgebildet werden würden, wie es in den letzten beiden Jahrhunderten mit allen anderen Generationen junger Wesen in der Föderation der Fall gewesen war, die es zu den Sternen zog.

Abrupt erregte ein anderes Gespräch seine Aufmerksamkeit. Er nahm eine Feinjustierung seines Gehörs vor und konzentrierte sich darauf. *Dieses* Thema interessierte ihn mehr als die Blässe seiner Haut.

»Du weißt doch, daß dieser Sektor noch nicht im einzelnen kartographiert wurde, oder?«

»Klar weiß ich das. Was glaubst du, weshalb ich mich freiwillig für eine Woche Dienst an den Fernsensoren gemeldet habe? Wenn es da draußen etwas Neues gibt, möchte ich es als erster finden.«

»Kannst du dir vorstellen, das die ganze Zeit über zu tun, Daniel? Zum Beispiel auf einem Forschungsschiff wie der *Stargazer* zu sein, die nur durch unerforschten Raum fliegt?«

»Ich kann es mir nicht nur vorstellen, ich werde es *tun*. Das heißt, sobald sich die Möglichkeit ergibt. Ich habe mit Captain Rumiel gesprochen, und er hat mir versprochen, ich sei der erste auf seiner Liste.«

Unerforschte Raumregionen zu kartographieren.

Die Gelegenheit, etwas zu sehen, was noch nie zuvor jemand gesehen hatte. Die Aussicht, dem Unbekannten ins Auge zu blicken. Das hatte Data ursprünglich zu Starfleet gezogen.

Er spielte eine Erinnerung ab und sah, wie Captain Thorsson ihn auf der *Tripoli* über den Schreibtisch in seinem Bereitschaftsraum hinweg musterte, in dem sie gerade eine Partie dreidimensionalen Schachs beendet hatten. Wie immer hatte der Androide gewonnen.

»Wissen Sie, Data«, sagte der Captain, »als wir Sie vor ein paar Wochen auf Omicron Theta aufgelesen haben, hatte ich keine Ahnung, was für ein Genie Sie sind. Sie sind bereits zwanzigmal so klug wie jeder andere, den ich kenne, und können einen trotzdem von morgens bis abends mit Fragen nerven.«

Dann hatte Thorsson sich vorgebeugt. Und er hatte gelächelt, was er normalerweise nicht tat. »Wissen Sie, wohin Sie gehören?« hatte er gefragt.

»Nein, Sir, das weiß ich nicht«, hatte Data erwidert. Und damals wußte er es wirklich nicht.

»Auf die Starfleet-Akademie, mein Sohn. Dort kann man Ihnen jede Frage beantworten, die Ihnen je in den Sinn kommt, und vielleicht auch ein paar, die Ihnen nie einfallen würden.« Er nickte ernst. »Kein Zweifel, auf die Starfleet-Akademie. Und wenn Sie eine Empfehlung brauchen, wird Jon Jakob Thorsson sie Ihnen geben.«

Leider hatte nicht einmal Captain Thorssons Unterstützung ausgereicht, dem Androiden Zutritt zur Akademie zu verschaffen – zumindest nicht sofort. Zuerst mußte die Akademie eine Entscheidung fällen. Sie konnte niemand aufnehmen, der keine intelligente beziehungsweise empfindungsfähige Lebensform war, und es bestanden einige Zweifel, ob Data nun in diese Kategorie fiel oder nicht.

Natürlich war es unlogisch, daß jemand oder etwas, das keine intelligente beziehungsweise empfindungsfähige Lebensform war, überhaupt die Aufnahme beantragte. Aber so war die Bürokratie nun mal. Nicht immer wurde in Betracht gezogen, ob etwas logisch war oder nicht.

Infolgedessen mußte der Androide sich einer Untersuchung und einer Prüfung nach der anderen unterziehen – insgesamt über tausend –, während ein Wissenschaftler nach dem anderen ihn durch die Mangel drehte und jede noch so winzige Einzelheit im Zusammenhang mit ihm analysierte. Sie maßen alles, von seiner Schuhgröße bis hin zu seiner Fähigkeit, sich komplizierte mathematische Formeln einzuprägen. Am einen Tag testeten sie seine Fähigkeit, sich in lebensfeindlichen Umgebungen zu behaupten, am nächsten seine Vorliebe für Nachspeisen.

Und als er glaubte, ihnen würden keine weiteren Tests mehr einfallen, gelang es ihnen trotzdem, sich noch ein paar neue einfallen zu lassen.

Schließlich gelangte der Verwaltungsrat der Akademie zum Schluß, daß der Androide sowohl lebte als auch ein Bewußtsein hatte. Doch das garantierte ihm noch keinen Platz unter den Kadetten. Es dauerte eine Weile, bis seine Fähigkeiten geprüft und mit denen anderer Bewerber verglichen worden waren.

Erst drei Jahre nach Datas Entdeckung auf Omicron Theta – drei Jahre, die er gewissermaßen als Kuriosität auf der Tripoli und mehreren Starbases verbrachte – wurde ihm die Chance gewährt, Kadett zu werden. Zu diesem Zeitpunkt hatte er sein Ziel schon so lange angestrebt, daß er nicht auf den Gedanken gekommen war, es in Frage zu stellen.

Doch nun stellte er es in Frage.

Bevor er es richtig mitbekam, hatte er sein Ziel erreicht: den Haupttransporterraum der *Yosemite.* Er stand vor der Tür, die hineinführte, und wartete geduldig darauf, daß seine Anwesenheit angekündigt würde, damit derjenige, der sich in dem Raum befand, ihm den Zutritt erlauben konnte.

Doch das tat niemand. Einen Augenblick später erhellte sich ein kleiner Bildschirm in der Wand neben der Tür. Die Mitteilung darauf besagte, daß der Zutritt zum Transporterraum verweigert wurde. Data dachte über die Information nach.

Er erinnerte sich genau an die Einladung des Transporter-Chefs, einer Demonstration des Geräts beizuwohnen. Und nicht nur der Androide war eingeladen worden. Vier weitere neue Kadetten sollten an der Demonstration teilnehmen.

Wie auf ein Stichwort bogen die Yann um eine Ecke und gingen zum Transporterraum. Wie immer traten die vier in einer Gruppe auf, entfernten sich nie mehr als einen oder zwei Meter von ihren Gefährten.

Körperlich sahen die Yann ziemlich humanoid aus. Abgesehen von ihrer völligen Haarlosigkeit, den Schwellungen an den äußeren Brauenwinkeln und den schwachen blauen Streifen, die von ihren Schläfen bis zu ihren Nacken verliefen, hätten sie als Erdgeborene durchgehen können.

Doch wenn es um gesellschaftliche Interaktionen ging, unterschieden sie sich gewaltig von Menschen.

Mehr als jede andere Spezies, die Data kannte, zogen sie Behaglichkeit und Zuversicht aus der Gegenwart ihrer Artgenossen.

Warum auch nicht? Sie waren sich so ähnlich, daß ein Yanna bestimmt glaubte, in einen Spiegel zu schauen, wenn er einen seiner Rasse betrachtete.

Vor einiger Zeit hatte die Gesellschaft der Yann die Fähigkeit zu schätzen gelernt, durch Gentechnologie die nachfolgende Generation so zu schaffen, daß sie mit der vorhergegangenen identisch war. Infolgedessen waren sie zu einer Spezies von Klonen geworden, bei der alle Individuen identisch geboren wurden. Ohne den Umstand, daß einige männlich und einige weiblich waren, wäre es praktisch unmöglich, sie voneinander zu unterscheiden.

»Hallo«, sagte Data, womit er alle vier anderen Bewerber um die Aufnahme an der Akademie gleichzeitig begrüßte. Es wäre schwierig gewesen, sie einzeln anzusprechen.

Fast gleichzeitig neigten die Yann als Reaktion die Köpfe. »Hallo«, sagten sie im Chor. Dann schauten sie zur Tür des Transporterraums, und einer fragte: »Warum sind Sie noch nicht hineingegangen?«

Der Androide neigte leicht den Kopf. Diese Regung kam bei ihm einem Achselzucken am nächsten.

»Die Möglichkeit steht mir nicht offen«, erklärte er. »Die Tür öffnet sich nicht.«

Um seine Beobachtung zu überprüfen, traten die Yann neben ihn. Erneut blinkte der kleine Bildschirm an der Wand auf und informierte sie darüber, daß der Zutritt verweigert wurde. Einige Yann räusperten sich. Eine von ihnen war die einzige Frau in der Gruppe.

»Chief Griffiths scheint sich verspätet zu haben«, sagte sie und drehte sich zu Data um. »Sie haben sich wahrscheinlich noch nicht beim Schiffscomputer nach seinem Aufenthaltsort erkundigt?«

»Noch nicht«, bestätigte der Androide. »Doch das werde ich jetzt tun.«

»Nicht nötig«, bellte eine Stimme vom anderen Ende des Gangs. Als sie sich umdrehten, sahen sie, daß Chief Griffiths schwerfällig auf sie zu ging.

»Tut mir leid, daß ich zu spät komme«, murmelte er in seinen roten Bart. »Doch unser Diagnose-Check in Transporterraum Zwei dauerte länger, als ich dachte.«

»Schon in Ordnung«, erwiderte Data im Bemühen, höflich zu sein. »Wir haben nicht lange gewartet.«

Griffiths gab eine unverständliche Antwort und ging an ihnen vorbei zur Tür. Bevor der Bildschirm erneut aufleuchten konnte, sagte er: »Sicherheitseinstufung Alpha-Gamma-Epsilon, Griffiths, Herbert T.«

Augenblicklich öffnete die Tür sich zischend. Der Transporter-Chef ging hinein und begab sich zu seiner Kontrollkonsole. Das Gerät war dunkel, nicht aktiviert. Das hieß, es würde eine Weile dauern, bis Griffiths mit seiner Demonstration anfangen konnte.

Die Yann hatten sich natürlich in einer Gruppe am anderen Ende des Raums postiert – ein Stück entfernt sowohl vom Androiden als auch vom Transporter-Chef. Data ertappte sich dabei, daß er sie um ihre Ähnlichkeit, ja ihre Gleichheit beneidete. Wenn schließlich alle identisch waren, bestand keine Möglichkeit, daß jemand ausgeschlossen wurde.

Der Androide dagegen war hoffnungslos einzigartig, der einzige seiner Art in der gesamten Galaxis. Vielleicht war das ein weiterer Grund, wieso er zu Starfleet wollte, wurde ihm blitzartig klar. Damit er eine Uniform tragen konnte, wie jeder andere Offizier sie trug.

Data schaute zu den Yann hinüber. Vielleicht mußte er nicht warten, um Teil einer größeren Gruppe zu werden. Wenn er mit den anderen Kadetten sprechen konnte, war es ihm vielleicht möglich, sich ein paar Freunde zu machen, bevor er auf der Akademie eintraf. Auf jeden Fall war es einen Versuch wert.

Er ging zu ihnen hinüber und lächelte ihnen zu. Sie erwiderten das Lächeln, wenngleich anscheinend nicht aus vollem Herzen. Ihre Augen, die ihre Gefühle authentischer widerspiegelten, schienen ihn zu fragen, was er von ihnen wolle.

»Ich freue mich auf diese Demonstration«, sagte er zu ihnen.

Zwei von ihnen nickten. »Ja. Es müßte sehr … äh … interessant werden«, sagte ein dritter. Der vierte Yanna, die Frau, sah ihn nur an.

Kein sehr vielversprechender Anfang, stellte der Androide fest. Doch er würde nicht so schnell aufgeben. »War einer von Ihnen schon mal auf einem Starfleet-Schiff?« fragte er.

Diesmal nickte nur einer von ihnen. Ein zweiter sprach. »Ein anderes Schiff, die *Agamemnon*, hat uns von Yannora zur Starbase Dreiundneunzig gebracht. Dort gingen wir dann an Bord der *Yosemite*.«

»Aha«, sagte Data. »Ich verstehe.« Er suchte nach Worten. »Die *Agamemnon* ist ein Schiff der Apollo-Klasse, nicht wahr?«

Die Yann sahen ihn nur an. Schließlich erwiderte einer von ihnen: »Ich weiß es nicht. Wirklich?«

Der Androide nickte. »Ja, wirklich.« Er versuchte, sich etwas einfallen zu lassen, das er hinzufügen konnte. »Die *Yosemite* hingegen ist ein Schiff der Oberth-Klasse.«

Ein Yanna räusperte sich. Sie alle schauten ein wenig unbehaglich drein. »Was Sie nicht sagen«, erwiderte einer von ihnen schließlich.

Data sah ein, daß es wenig Sinn hatte, das Gespräch fortzusetzen. Die Yann fühlten sich untereinander eindeutig wohler als mit einem Wesen, das einen so völlig andersartigen Hintergrund hatte.

Er gestand seine Niederlage ein, trat ein paar Schritte zurück und drehte sich zu der Kontrollkonsole um, hinter der Chief Griffiths noch immer ein paar Einstellungen vornahm. Er würde aber jeden Augenblick fertig sein.

»Mr. Data?«

Der Androide drehte sich um, als sein Name fiel, und sah, daß die weibliche Yanna neben ihm stand. Ihre Gefährten beobachteten sie mit einem nicht geringen Maß an Überraschung auf ihren Gesichtern.

»So heißen Sie doch, nicht wahr?« fragte die Frau.

Data nickte. »Ja. So werde ich genannt.« Er hielt inne und fragte sich, ob dies wirklich die Ouvertüre war, um die es sich zu handeln schien. »Und wie heißen *Sie?*« erkundigte er sich.

Sie lächelte. Es war ein aufrichtiger Gesichtsausdruck, nicht die freundliche Maske, die sie und ihre Gefährten zuvor aufgesetzt hatten.

»Sinna. Mein Name ist Sinna.«

Der Androide dachte darüber nach. »Das ist … ein

sehr schöner Name«, sagte er. Er kannte sich mit solchen Dingen zwar nicht aus, aber der Name kam ihm wirklich nicht schlechter als andere vor.

»Auf meiner Welt«, fuhr sie fort, »heißen sehr viele Frauen Sinna. Er ist sehr häufig.« Ihr Lächeln war plötzlich nicht mehr ganz so freundlich. »In der Tat kommen alle Namen auf Yannora sehr häufig vor.« Mit einer Kopfbewegung deutete sie auf die drei Männer, die hinter ihr standen. »Sie heißen Lagon, Odril und Felai. Ich entschuldige mich für ihre Zurückhaltung, aber so wurden wir alle erzogen.«

»Unter sich zu bleiben«, stellte Data fest.

»Ja«, gestand Sinna ein. »Deshalb hat meine Welt auch bis vor kurzem kaum am interstellaren Handel teilgenommen. Doch unsere Regierung hat sich entschlossen, das zu ändern. Und Starfleet hat eingewilligt, uns dabei zu helfen, einen Schritt in diese Richtung zu tun, indem wir vier von der Akademie aufgenommen wurden.«

»Ich verstehe«, sagte der Androide. »Sie besuchen die Akademie, um eine Koexistenz mit anderen Spezies zu lernen.«

Sie nickte. »Ja, unter anderem. Natürlich heißt das nicht …«

Chief Griffiths räusperte sich laut. »Na schön, wir können anfangen. Kommt näher, Leute, und wir machen uns mit einem echten, funktionierenden Transporter vertraut. Es wird noch eine Weile dauern, bevor Sie einen anderen zu Gesicht bekommen.«

Data und die vier Yann taten wie geheißen. Obwohl es sich dabei genaugenommen nicht um einen Teil ihrer Ausbildung handelte, interessierten sie sich schließlich für die Funktionsweise eines Transporters.

Hätten sie das nicht getan, hätten sie sich wahrscheinlich gar nicht erst bei der Starfleet-Akademie beworben.

»Wie Sie sehen«, begann der Chief, »besteht ein Transporter aus vier Hauptelementen – einem oberen Block, einem unteren Block, einem Musterpuffer und einer Emitterphalanx. Die Blöcke enthalten alle Geräte, die man benötigt, um die Molekularstruktur eines Gegenstands zu analysieren und aufzuspalten. Danach ist der betreffende Gegenstand – oder die betreffende Person – nur noch ein Materiestrom.«

Das wußte Data bereits. Doch er wußte auch, daß es nicht höflich war, jemanden zu unterbrechen, der gerade sprach, also ließ er Chief Griffiths fortfahren.

»Nachdem das geschehen ist«, sagte der Bärtige, »wird dieser Gegenstand – der jetzt eigentlich kein Gegenstand mehr ist, sondern ein Haufen Moleküle in magnetischer Suspension – vorübergehend in dem Musterpuffer abgelegt beziehungsweise gespeichert. Dort können sie für längstens ...«

Abrupt unterbrach jemand anderes Chief Griffiths – aber es war niemand im Transporterraum. Es war die Stimme des auf der Brücke weilenden Captain Rumiel, die das Intercomsystem des Schiffes hierhertrug.

»Alarmstufe Gelb!« rief der Captain mit ruhiger, aber befehlsgewohnter Stimme. »Für die gesamte Besatzung gilt Alarmstufe Gelb!«

2

Data fragte sich, welche Umstände die Alarmstufe Gelb ausgelöst haben konnten. Dem Ausdruck auf den Gesichtern von Chief Griffiths und den Yann nach zu urteilten, fragten sie sich das ebenfalls.

Zum Glück dauerte es nicht lange, bis Captain Rumiel weitere Informationen bekanntgab. »Wir haben Steuerbord voraus ein nicht identifiziertes Schiff gesichtet«, erklärte er. »Bis wir es überzeugen können, auf unsere Rufe zu antworten, nehmen alle Besatzungsmitglieder ihre Posten ein.«

Überall im Schiff, so vermutete der Androide, liefen Offiziere nun Gänge entlang oder zu den Kabinen der Turbolifte. Aber hier nicht. Griffiths bewegte sich nicht, und Data oder die Yann auch nicht.

Schließlich hatte der Transporter-Chef bereits seinen Posten eingenommen. Und da die Kadetten lediglich Passagiere auf der *Yosemite* waren, hatten sie keine Posten zu besetzen. Sie konnten lediglich bleiben, wo sie waren, und über die Identität des Neuankömmlings nachdenken.

»Der Captain hat gesagt, das Schiff sei nicht identifiziert worden«, stellte ein Yanna fest – derjenige namens Lagon. »Das bedeutet nicht unbedingt, daß es feindselig ist.«

»Nein«, pflichtete der Yanna namens Odril ihm bei. »Aber es kann auch nicht allzu freundlich gesonnen sein, wenn es unsere Rufe nicht beantwortet, oder?«

»Es könnte alles mögliche sein«, warf Chief Griffiths ein. »Feindselig, freundlich, irgend etwas dazwischen. Wir können es noch nicht sagen. Wie dem auch sei, wir werden bestimmt damit fertig. Warum machen wir also nicht mit unserer Lektion weiter?«

»Das wäre vorzuziehen«, erwiderte Data.

»Bitte fahren Sie fort«, sagte Sinna. »Wir hören zu.«

Zufrieden, ihre Aufmerksamkeit zurückgewonnen zu haben, räusperte der Transporter-Chef sich erneut. »Wo war ich gerade?« fragte er.

»Sie haben beschrieben, wie ein Gegenstand befristet im Musterpuffer zwischengelagert werden kann«, warf der Androide bereitwillig ein. »Sie haben gesagt, dort könnte er für längstens ...« Er hielt inne.

Griffiths betrachtete ihn aufmerksam. »Genau«, sagte er. »Dort kann er höchstens sechs oder sieben Minuten lang bleiben. Dann muß man ihn durch die Emitterphalanx schicken. Aber bevor er den Emitter erreicht, geht er durch ein ...«

Bevor der Chief den Satz beenden konnte, schien der Boden des Transporterraums sich an der einen Seite zu heben. Nicht nur Griffiths flog durch den Raum, den Yann erging es nicht besser. Sie prallten gegen die gegenüberliegende Wand. Doch da Data ein Androide war, konnte er sich festhalten, bevor er an der Kontrollkonsole vorbeiglitt.

Im nächsten Sekundenbruchteil hatte er die Lage analysiert. Die *Yosemite* war durchgeschüttelt worden – soviel stand fest. Es war mehr als nur wahrscheinlich, daß dafür das nicht identifizierte Schiff verantwortlich war. Und was auch immer dieses Schiff gegen das der Föderation eingesetzt hatte, es

hatte über genug Energie verfügt, um die Trägheitsabsorber der *Yosemite* zu überwinden.

Genauso plötzlich, wie der Boden gekippt zu sein schien, richtete er sich wieder auf. Chief Griffiths hatte sich an einem Schott festgehalten, fluchte leise vor sich hin und rappelte sich nun wieder auf. Er schaute benommen und verwirrt drein.

Die Yann waren auch nicht in bester Verfassung. Das war einer der Nachteile, wenn man aus Fleisch und Blut bestand und nicht aus künstlichen Materialien geschaffen war. Es war gar nicht so schwierig, sich zu verletzen.

Data ging zu den anderen Kadetten hinüber und half Sinna – die ihm am nächsten war – auf die Füße. »Sind Sie in Ordnung?« fragte er sie.

Sie nickte. »Ich glaube schon«, erwiderte sie. »Und du? Sag ruhig du zu mir.«

»Ich bin unbeschädigt. Aber«, erklärte er, »ich wurde auch so geschaffen, daß ich wesentlich haltbarer als jeder Organismus bin.«

Plötzlich wurde der gesamte Transporterraum in einen Blitz aus blauweißem Licht getaucht – einen so hellen und alles umfassenden Blitz, daß selbst die Augen des Androiden Schwierigkeiten hatten, sich daran anzupassen.

Als er wieder sehen konnte, stellte er fest, daß der Raum nun nur noch von den orangefarbenen Notlichtern erhellt wurde. Aber noch etwas hatte sich verändert. Transporter-Chef Griffiths war *verschwunden*.

Data und die Yann sahen sich im unheimlichen Schein der Notbeleuchtung lediglich an. Keiner von ihnen wußte, was passiert war – weder, was der Blitz zu bedeuten hatte, und ganz bestimmt nicht, was aus Chief Griffiths geworden war.

»Was nun?« fragte der Yanna namens Felai. »Wohin ist der Chief verschwunden?«

»Der Captain hat ihm befohlen, an seinem Posten zu bleiben«, erinnerte Odril sie.

»Wo ist er also?« fragte Lagon. Er schluckte. »Und warum haben wir nicht gesehen, wie er gegangen ist?«

Sinna schaute zum Gitter der Lampen unter der Decke hinauf, von denen nur die der Notbeleuchtung erhellt waren. »Computer«, sagte sie, »stelle im Transporterraum Eins die normale Beleuchtung wieder her.«

Die Antwort des Computer kam schnell und präzise. »Die *Yosemite* arbeitet mit Notenergie«, erklärte er. »Normale Beleuchtung gehört nicht zu den vorrangigen Lebenserhaltungssystemen.«

Notenergie? Data fragte sich, was die Ursache dafür war. So unwahrscheinlich es klang, vielleicht hatte der Computer einen Fehler gemacht. Er bat ihn, die gerade erfolgte Mitteilung zu bestätigen.

Der Computer tat genau das. »Die *Yosemite* arbeitet mit Notenergie«, wiederholte er. »Die Hauptenergie ist ausgefallen.«

Der Androide dachte über die Information nach. »Offensichtlich«, stellte er fest, »wurde das Schiff so schwer getroffen, daß die Energierelais beschädigt wurden.«

»Getroffen?« wiederholte Lagon. »Wovon getroffen?«

Data schüttelte den Kopf. »Das weiß ich nicht. Doch wir scheinen von *irgend etwas* getroffen worden zu sein. Ansonsten hätte der Boden sich nicht geneigt und euch durch den Raum geworfen.«

»Ich wette, das war das andere Schiff«, sagte Felai. »Dasjenige, weshalb Captain Rumiel die Alarmstufe Gelb ausgelöst hat. Es muß auf uns *gefeuert* haben.«

Eine Möglichkeit, gestand der Androide ein. Doch eine unbegründete.

»Kümmern wir uns um eins nach dem anderen«, riet Sinna. »Computer«, sagte sie, »wo befindet sich Chief Griffiths?« Wie jeder Offizier auf dem Schiff konnte der Chief durch den Kommunikator lokalisiert werden, den er an der Uniform trug.

Der Computer schien einen Sekundenbruchteil zu zögern, bevor er antwortete. »Chief Griffiths«, erklärte er dann, »befindet sich nicht auf der *Yosemite*.«

Es dauerte eine Weile, bis sie das verdaut hatten. Sie sahen sich an und versuchten, die Antwort des Computers zu verstehen.

»Nicht auf dem Schiff?« sagte Felai. »Aber wie kann das sein? Er war doch vor einer Minute noch da.«

»Diese Information steht nicht zur Verfügung«, teilte der Computer dem Yanna mit.

»Wir müssen es Captain Rumiel sagen«, schlug Odril vor. »Er wird wissen, was zu tun ist.«

»Du hast recht«, fügte Felai hinzu. »Transporterraum Eins an Brücke. Bitte melden, Brücke.«

Sie warteten auf Antwort. Es kam keine. Data wußte, daß es nur zwei Möglichkeiten gab: Entweder funktionierte das Kommunikationssystem nicht mehr, oder es befand sich niemand auf der Brücke, der antworten konnte.

Normalerweise wäre er davon ausgegangen, daß die erste Möglichkeit die zutreffende war. Doch angesichts von Chief Griffith' unerklärlichem Verschwinden war er sich gar nicht mehr allzu sicher.

»Computer«, sagte Lagon, »warum antwortet die Brücke uns nicht?«

Die Reaktion des Computers war genauso kurz wie beunruhigend. »Es befindet sich niemand auf der Brücke.«

»Was ist mit dem Rest des Schiffs?« fragte Odril. »Wo befindet sich jemand ... jemand, der uns sagen kann, was hier vorgeht?«

»Es befindet sich kein Besatzungsmitglied mehr an Bord der *Yosemite*«, teilte der Computer ihm mit.

Felai schüttelte den Kopf. »Nein. Da muß irgendein Fehler vorliegen. Vor ein paar Minuten waren doch noch alle an Bord.«

»Auch Chief Griffiths war vor ein paar Minuten noch hier«, stellte Data klar. »Aber *er* ist auch verschwunden.«

»Die Korridore«, sagte Odril und schaute zum Ausgang. »Wir müssen lediglich den Raum verlassen und werden feststellen, daß dem nicht so ist. Wir werden sehen, daß noch jede Menge Leute an Bord sind.«

»Gute Idee«, sagte Lagon. »Das heißt, falls die Tür noch funktioniert.«

Die Tür funktionierte einwandfrei. Aber was sie auf dem Gang sahen, war nicht dazu angetan, sie zu beruhigen. Eigentlich sahen sie *nichts*. Nichts und niemanden.

»Es ist niemand hier«, stellte Felai fest und verkündete in seinem Erstaunen das Offensichtliche.

»Irgendwo muß doch jemand sein«, beharrte Odril. »Sie können doch nicht alle verschwunden sein.«

»Nicht?« fragte Sinna. Als die anderen sie anschauten, fuhr sie fort: »Falls Chief Griffiths verschwunden ist, und alle Besatzungsmitglieder auf diesem Gang ebenso … warum kann dann nicht die gesamte Besatzung verschwunden sein?«

»Aber … wo sind sie dann alle?« fragte Lagon. Er blinzelte abrupt. »Augenblick mal. Das andere Schiff … könnte es sein …?«

»Große Gottheiten«, sagte Odril. »Ist es möglich, daß sie die gesamte Besatzung von der *Yosemite* transferiert haben? Gibt es gegen so etwas nicht Sicherheitsvorkehrungen?«

Data nickte. »Unter normalen Umständen ist es nicht möglich, etwas von einem Schiff zu transferieren, das von einem Schutzschirm umgeben ist. Und während der Alarmstufe Gelb hat das Errichten eines Schirms oberste Priorität.«

Felai schüttelte den Kopf. »Könnte es nicht eine Fehlfunktion gegeben haben?«

»Computer«, rief Sinna. »Sind die Schilde des Schiffes in den letzten zehn Minuten gesenkt worden?«

»Negativ«, erwiderte der Computer. »Die Schilde waren in diesem Zeitraum funktionsfähig.«

»Also keine Fehlfunktion«, stellte Sinna fest und schaute mehr als nur ein wenig perplex drein. »Aber sie sind trotzdem alle weg.«

Odril runzelte die Stirn. »Aber warum sind *wir* noch da? Warum sind wir nicht mit den anderen verschwunden?«

Das war eine gute Frage, dachte der Androide,

aber wegen der Unsicherheiten, die sie mit sich brachte, auch eine unangenehme.

»Vielleicht werden wir noch verschwinden«, warf Felai ein und sagte damit, was alle anderen dachten. »Vielleicht ist es nur eine Frage der Zeit.«

»Ein aufheiternder Gedanke«, murmelte Odril. »Wir könnten jeden Augenblick verschwinden... ohne zu wissen, wie oder warum.«

Er schaute von Felai zu Lagon und Sinna, als könne er irgendwie verhindern, daß sie wie der Rest der Mannschaft einfach weggewischt wurden, wenn er sie nur im Auge behielte. Aber das würde natürlich gar nichts nutzen.

»Wir können lediglich herausfinden, ob wir in dieser Gefahr schweben«, überlegte Data, »indem wir die kritische Variable isolieren, die es uns ermöglichte, an Ort und Stelle zu bleiben, als die anderen verschwanden.«

»Variable?« echote Lagon. »Du meinst... der Unterschied zwischen uns und dem Rest der Besatzung?«

»Genau«, bestätigte Data.

»Wir sind Yann«, schlug Felai vor. »Und du bist ein Androide. Kein anderer an Bord fällt in eine dieser beiden Kategorien.«

»Richtig«, stimmte Sinna zu. »Aber diese Attribute verleihen uns keinen besonderen Schutz gegen einen Transporterstrahl.«

»Wir sind keine Starfleet-Offiziere«, warf Odril ein. »Alle anderen an Bord sind es.«

Lagon räusperte sich abfällig. »Aber das können die Wesen auf dem nicht identifizierten Schiff nicht gewußt haben.«

»Es muß etwas anderes gewesen sein«, pflichtete Sinna ihm bei. »Etwas, wodurch wir fünf keine so attraktiven Ziele für sie waren ... oder was es ihnen erschwert hat, uns mit dem Transporter zu erfassen ... oder ...«

Data drehte sich zu ihr um; in seinem positronischen Gehirn bildete sich bereits eine Hypothese. »Mit dem Transporter erfassen ...«, sagte er.

Sinna erwiderte den Blick des Androiden. »Bist du dahintergekommen?« fragte sie eifrig.

»Vielleicht«, erwiderte er. »Aber ich bin mir nicht sicher. Wie ihr wißt, werden Außenteams von Starfleet, die mit dem Transporter zurückgeholt werden sollen, oft mit Hilfe ihrer Kommunikatoren lokalisiert. Ohne sie muß der Bediener des Transporters eine andere Möglichkeit finden, ihre Koordinaten auszumachen.«

Felai kniff die Augen zusammen und betrachtete zuerst Odrils roten Overall und dann den seinen. »Aber wir haben keine Kommunikatoren«, murmelte er, »weil wir noch nicht Starfleet-Angehörige sind.«

»Wenn die Fremden Captain Rumiel und seine Crew also über ihre Kommunikatoren lokalisiert haben ...«, fügte Sinna hinzu.

»Dann können sie von uns nichts gewußt haben«, fuhr Data fort und beendete den Gedankengang, den er vor ein paar Zwischenbemerkungen begonnen hatte. »Soweit es sie betrifft, gibt es uns nicht.« Er hielt inne, während die anderen über seine Theorie nachdachten. »Das ist natürlich nur eine Möglichkeit. Ich brauche mehr empirische Informationen, bevor ich entscheiden kann, ob sie zutrifft.«

Einen Augenblick lang herrschte Stille. Dann

schlug Lagon mit der Faust gegen eine Wand. Seine Frustration zeigte sich deutlich auf seinem Gesicht.

»Das ist nicht fair«, beschwerte er sich. »Wie sollen wir das herausfinden? Wir sind noch nicht mal richtige Kadetten.«

Data hatte Verständnis für den Yanna. Hätte er selbst ebenfalls Gefühle gehabt, wäre er wohl auch frustriert gewesen. Doch so sah er genau, was sie nun tun mußten.

»Lagon hat recht«, erklärte er. »Wir verfügen über keinerlei Ausbildung. Wir sind nicht darauf vorbereitet, auf eine so komplizierte Situation zu reagieren. Unser erstes Ziel sollte sein, Kontakt mit einer Starfleet-Einrichtung herzustellen.«

»Wie können wir das?« fragte Odril.

Data dachte darüber nach – doch sein Androidengehirn arbeitete so schnell, daß er schon zu einer Schlußfolgerung gelangt war, bevor seine Gefährten auch nur blinzeln konnten.

»Wir müssen uns auf die Brücke begeben«, antwortete er. »Wenn das Subraum-Kommunikationssystem des Schiffes noch funktioniert, werden wir von dort Zugriff darauf bekommen.«

»Und dann?« fragte Felai. »Warten wir stunden-, vielleicht sogar tagelang, bis Starfleet antworten kann – während das andere Schiff da draußen jeden Augenblick von unserer Existenz erfahren könnte?«

Es traf zu, daß es vielleicht einige Zeit dauern würde, bis Starfleet ihnen zu Hilfe kommen konnte; der Zeitraum hing davon ab, welche Basis ihren Hilferuf empfing und wie weit entfernt das nächste Schiff war. Es war sinnlos, diese Zeit zu verschwenden.

»Wir könnten die Wartezeit nutzen«, erwiderte der Androide, »um herauszufinden, was mit der Besatzung des Schiffes geschehen ist – und sie zurückzuholen, falls das überhaupt möglich ist. Vielleicht können wir dabei in Erfahrung bringen, wie wir uns gegen das Vorgehen unserer Widersacher schützen können – um wen auch immer es sich dabei handelt.«

Die anderen schauten skeptisch drein. Doch niemand brachte einen Einwand vor. Schließlich schien keiner von ihnen eine bessere Idee zu haben.

3

Data beobachtete, wie die Tür des Turbolifts sich öffnete und den Blick auf die Brücke der *Yosemite* und den sternengesprenkelten Bildschirm am anderen Ende freigab.

In dem Raum war es geisterhaft still. Weder der Androide noch die Yann schienen diese Stille stören zu können, als sie die Kabine verließen und zu den schwach erhellten Konsolen gingen.

»Genau, wie der Computer gesagt hat«, meldete Sinna, die hinter der Station des Navigators stand. Ihre Gesichtszüge wurden in grünliches Licht getaucht, als sie sich über die Instrumententafeln beugte. Sie hielt die Stimme gesenkt, wie aus Respekt vor denjenigen, die nicht mehr an diesem Ort weilten.

»Alle taktischen Systeme sind ausgefallen«, fuhr sie fort, »abgesehen von der Transportereinheit und einer begrenzten Schirmfunktion. Die gesamte Notenergie wird für die Lebenserhaltung und den Schutzschirm aufgewandt.«

»Wunderbar«, versetzte Odril, der am Ruder stand. »Was könnte noch schiefgehen?«

Wie auf ein Stichwort sog Lagon scharf die Luft ein. Alle drehten sich zur Kommunikationskonsole um, hinter der er stehen geblieben war. Eindringlich betrachtete er einen Monitor.

Lagon schaute zu ihnen hoch. »Wir empfangen ein Rufsignal von einem nicht identifizierten Schiff«, sagte er. »Sie wollen mit unserem Captain sprechen.« Seine Augen wurden ganz groß vor Besorgnis. »*Sie* sind es«, fügte er hinzu. »Diejenigen, die auf uns geschossen haben.«

»Warum können wir sie nicht sehen?« fragte Odril. »Sollten sie nicht auf dem Schirm sichtbar sein?«

»Nicht unbedingt«, erwiderte Data. »Vielleicht befinden sie sich zur Zeit außerhalb der Sensorenreichweite – oder ganz einfach hinter uns, wo der Bildschirm sie nicht aufspürt, wenn man es ihm nicht eigens aufträgt.«

»Sie wollen mit unserem Captain sprechen?« wiederholte Felai. »Aber sie haben ihn doch bereits. Sie können doch von Angesicht zu Angesicht mit ihm sprechen.«

»Es gibt noch keinen Beweis dafür, daß sie für Captain Rumiels Verschwinden verantwortlich sind«, erinnerte der Androide ihn. »Bislang haben wir nur vermutet, daß dem so sein könnte.«

Lagon bemühte sich, die Situation logisch zu durchdenken. »Das stimmt«, gestand er ein.

»Aber wer *sonst* könnte für ihr Verschwinden verantwortlich sein?« fragte Felai und schaute in Datas Richtung. »Wer sonst ist dort draußen? Sie *müssen* es gewesen sein.«

Sinna schaute ebenfalls zu dem Androiden. »Was sollen wir tun, Data? Sie verlangen eine Antwort. Und wir wissen nicht, wie sie reagieren werden, wenn sie keine bekommen.«

Der Androide hatte keine einfache Lösung für das Problem – so sehr er sich auch wünschte, es wäre anders.

»Sinna hat recht«, pflichtete Odril bei. »Wenn wir

ihnen nicht irgendeine Antwort geben, machen wir sie nur darauf aufmerksam, wie hilflos wir sind ...«

»Vorausgesetzt, das wissen sie nicht schon längst«, fügte Felai hinzu.

»Ja«, sagte Odril. »Natürlich, Bruder. Aber wir sollten dies nicht vermuten, bevor wir mit ihnen gesprochen haben, oder wir verraten uns vielleicht, ohne daß wirklich Grund dazu besteht.«

Felai erkannte, daß Odril recht hatte, und gab nach – wenn auch nur zögernd. »Wie du meinst, Bruder. Wir werden zuerst mit ihnen sprechen.«

»Aber wenn wir mit ihnen sprechen«, hielt Lagon dagegen, »verraten wir damit unsere Hilflosigkeit doch genauso, als würden wir schweigen. Schließlich ist die Besatzung verschwunden. Außer uns ist niemand hier – und wir sind kaum in der Lage, ein Raumschiff zu führen.«

»Ein guter Einwand«, sagte Odril ernst.

Data mußte ebenfalls zustimmen. »Außer ...«, sagte er.

Sinna sah ihn an. »Was?«

Der Androide dachte kurz nach. »Was, wenn wir den Anschein erwecken, daß der Captain noch hier ist? Daß die *Yosemite* voll bemannt und handlungsfähig ist?«

Sinnas Miene klärte sich auf. »Du meinst ... wir nehmen ihre Plätze ein? Wir tun so, als wären *wir* die Führungsoffiziere des Schiffes?«

»Ja«, bestätigte Odril. »Genau das meint er. Mal sehen ...« Er fuhr mit der Hand über sein Kinn. »Wir sind fünf ... genug, um uns als Captain, Navigator, Steuermann, Kommunikationsoffizier und Wissenschaftsoffizier auszugeben.«

»Aber wir können die Aufgaben dieser Offiziere nicht wahrnehmen«, wandte Felai ein. »Wir können lediglich hinter ihren Konsolen stehen.«

»Vielleicht genügt das«, sagte Data.

»Und was ist mit der Brücke selbst?« erinnerte Felai sie und zeigte mit einer weitausholenden Geste, was er meinte. »Ein Blick darauf, und sie sehen, daß wir mit Notenergie operieren.«

Data wurde klar, daß Felai natürlich recht hatte. Doch vielleicht konnten sie das beheben.

»Wenn ich ein wenig Zeit bekomme«, sagte er zu den Yann, »kann ich vielleicht die Energie auf die Brücke umleiten, die nun die Lebenserhaltungssysteme für Teile des Schiffes mit so niedriger Priorität wie den Frachthangar versorgt. So können wir zumindest den Anschein erwecken, hier wäre alles völlig normal.«

»Die Energie umleiten?« wiederholte Lagon. »Und wie willst du das anstellen – vorausgesetzt, du hast uns nicht irgendwelche technischen Fachkenntnisse verschwiegen?«

Der Androide schüttelte den Kopf. »Mein Verständnis der Schiffssysteme, das ich während meiner Zeit auf der *Tripoli* gewonnen habe, ist leider nur grundlegend. Doch mein positronisches Gehirn befähigt mich, in kurzer Zeit sehr viele Informationen aufzunehmen.«

Sinna räusperte sich. »Und woher bekommst du diese Informationen, Data?«

Er ging zur Wissenschaftsstation. »Direkt von hier«, erwiderte er. »Ich muß mir lediglich über dieses Terminal Zugang zum Computer der *Yosemite* verschaffen. Das dürfte nicht sehr schwierig sein. Eigentlich …«

»Sie senden eine weitere Nachricht«, erklärte Lagon, der hinter der Kommunikationskonsole stand. »Sie wollen, daß wir uns sofort entfernen. Ansonsten ...« Er runzelte besorgt die Stirn. »Ansonsten werden sie *feindselige Maßnahmen* ergreifen.«

Einen Augenblick lang bewegte sich niemand. Niemand sagte etwas. Sie versuchten lediglich, die tödliche Wirklichkeit ihrer Zwangslage zu erfassen.

Schließlich beendete Odril das Schweigen. »Wir *können* uns nicht entfernen«, sagte er seufzend. »Unsere Triebwerke sind nicht funktionsfähig.«

»Aber das wissen sie nicht«, stellte Sinna klar und drehte sich zu Data um. »Und mit ein wenig Glück wird es auch so bleiben.«

»In der Tat«, sagte der Androide. Von einem neuen Gefühl der Dringlichkeit angetrieben, aktivierte er den Monitor der wissenschaftlichen Station und schickte sich an, alles Nötige über die Schiffssysteme in Erfahrung zu bringen.

Ein Mensch hätte Hunderte von Stunden gebraucht, um zu erfahren, was er über die *Yosemite* wissen mußte. Aber Data war schließlich kein Mensch.

Da er einem Computer sehr ähnlich war, konnte er die Informationen auf dem Monitor so schnell aufnehmen, wie sie darauf abrollten. Die Yann murmelten leise im Hintergrund; sie konnten zweifellos kaum glauben, daß jemand mit einer so unglaublichen Geschwindigkeit lernen konnte.

Doch nach kaum drei Minuten wußte Data über die Energierelais der *Yosemite* genausoviel wie jeder Ingenieur von Starfleet. Noch wichtiger war: Er hatte in Erfahrung gebracht, daß er die nötigen Veränderungen vornehmen konnte, ohne die wissenschaftliche Station verlassen zu müssen.

»Ich werde in dreißig Sekunden fertig sein«, erklärte der Androide. Er rief in seinem positronischen Gehirn ein Diagramm nach dem anderen auf, folgte im Geiste den Energieschaltkreisen und ließ seine Finger mit einer Schnelligkeit, die kein Organismus aus Fleisch und Blut je zu erreichen hoffen konnte, über das Kontrollpult gleiten.

Erneut flüsterten die Yann leise untereinander und äußerten ihren Unglauben mit einer Lautstärke, von der sie wahrscheinlich hofften, daß Data sie nicht aufnehmen konnte. Doch da seine Sinne viel schärfer als die ihren waren, verstand er alles.

Und wie er versprochen hatte, beendete er die Aufgabe in dreißig Sekunden – in *genau* dreißig Sekunden. Er lehnte sich zurück und drehte sich zu Sinna um. »Ich kann die Energie nun umleiten«, erklärte er.

Sie lächelte, konnte noch immer nicht ganz glauben, was sie gerade gesehen hatte. »Nur zu«, sagte sie.

Der Androide berührte das entsprechende Feld auf dem Kontrollpult. Im gleichen Augenblick wurde die normale Beleuchtung auf der Brücke wiederhergestellt – als gäbe es keine Probleme mit den Maschinen des Schiffes und hätte es nie welche gegeben. Alle Stationen wirkten funktionsbereit, auch wenn viele davon mit ausgefallenen Systemen verbunden waren.

Der Sternenhimmel auf dem Bildschirm hatte sich natürlich nicht verändert. Sie konnten noch immer nicht ausmachen, mit wem oder was sie es zu tun hatten. Doch da die Brücke nun wieder über volle

Energie verfügte, konnte man dieses Problem mit minimaler Anstrengung ausräumen.

»Computer«, sagte Data laut, »Heckansicht.« Als man ihm und den Yann kurz nach ihrer Ankunft an Bord über die Brücke geführt hatte, hatte er gehört, wie Captain Rumiel solch einen Befehl erteilte.

Im nächsten Augenblick veränderte sich die Ansicht auf dem Schirm – und sie starrten ein riesiges Raumschiff an, das um ein Mehrfaches größer war als das ihre. Es war kantig und düster und sah aus, als wäre es aus einem dunkelgrauen Steinblock gehauen worden. An mehreren Stellen der Schiffshüllen befanden sich ein paar grüne und goldene Lampen, aber sie entdeckten nichts, das einem Bullauge auch nur ähnlich sah.

»Das sind sie«, sagte Lagon leise und drehte sich zu Data um. »Du hast das geschafft, indem du einfach darum gebeten hast?«

Der Androide nickte. »Offensichtlich können einfache Funktionen stimmaktiviert werden. Kompliziertere Aufgaben müssen natürlich noch manuell ausgeführt werden – zum Beispiel die Rekonfiguration des Energieflusses in der *Yosemite*.«

»Sie warten noch immer«, erinnerte Sinna ihre Gefährten. »Einer von uns wird ihnen antworten müssen.« Als ihr die Implikationen ihrer Erklärung bewußt wurden, hielt sie inne. »Das heißt, einer von *uns* muß sich als Captain ausgeben.«

Die Yann sahen einander an. Keiner von ihnen schien sich berufen zu fühlen, die Rolle zu übernehmen.

Data konnte es ihnen nicht verdenken. Schließlich waren sie, wie Lagon vor kurzem richtig bemerkt

hatte, nicht mal Kadetten. Wie konnte man von einem von ihnen erwarten, den Captain eines Raumschiffs zu verkörpern?

Doch jemand mußte es tun – und zwar schnell. Der Androide versuchte zu entscheiden, wer von ihnen die Aufgabe übernehmen sollte, als er bemerkte, daß alle in seine Richtung schauten. Und selbst dann dauerte es ein paar Sekunden, bis ihm klargeworden war, was sie im Sinn hatten.

»Ich?« fragte er.

Sinna nickte. »Es kann kein anderer sein, Data. Du hast als einziger auch nur die geringste Ahnung davon, wie das Schiff funktioniert ... und wozu es imstande ist. Wir anderen würden doch sofort auffallen.«

»Aber ich bin nicht auf Falschheit programmiert«, protestierte er. »Das Lügen liegt nicht in meinem Wesen.«

»In unserem auch nicht«, erklärte Odril. »Die Yann haben die Fähigkeit der Täuschung noch nie sehr geschätzt.«

»Zumindest werden deine Gefühle dich nicht verraten«, führte Lagon an. »Würde einer von *uns* auf dem Stuhl des Captains Platz nehmen, würden sie sofort bemerken, wie nervös wir sind, und vermuten, daß wir irgend etwas vorhaben.«

Der Androide schüttelte den Kopf. »Es muß doch eine andere Möglichkeit geben.«

Dem Gesichtsausdruck seiner Gefährten zufolge schienen sie nicht dieser Ansicht zu sein. Und sie hatten keine Zeit, die Frage ausführlich zu erörtern. Die Wesen in dem großen grauen Schiff konnten ihre Drohung jeden Augenblick in die Tat umsetzen und die *Yosemite* angreifen.

Data drehte sich zum Stuhl des Captains um und dachte kurz nach. Dann näherte er sich dem Stuhl mit großem Zögern. Das würde die größte Herausforderung seines Lebens werden, dachte er. Die *bei weitem* größte.

Das Schicksal der Yann, der *Yosemite* und vielleicht sogar das der verschwundenen Besatzung hing von der Leistung ab, die er in den nächsten paar Minuten liefern würde. Er war entschlossen, sie nicht im Stich zu lassen.

Zumindest nicht, falls er es verhindern konnte.

4

Data konzentrierte sich auf die bevorstehende Aufgabe, nahm auf dem Stuhl des Captains Platz und warf einen Blick auf den Bildschirm.

»Lagon?« sagte er.

Aus einem Augenwinkel bemerkte der Androide, daß der Yanna sich zu ihm umdrehte.

»Ja?«

»Kannst du den Commander des nicht identifizierten Schiffes auf den Bildschirm bringen?«

Lagon zögerte und inspizierte seine Kontrollkonsole.

»Ich glaube schon«, antwortete er endlich.

»Worauf wartest du dann?« befahl Data.

Er schaute nicht zurück, um sich zu überzeugen, daß Lagon den Befehl ausführte, genausowenig wie ein richtiger Captain zurückgeblickt hätte. Doch er wußte, daß der Befehl ausgeführt worden war – weil einen Augenblick später der Commander des fremden Schiffes auf dem Bildschirm erschien.

Das Wesen hatte ein fast skeletthaftes Aussehen, mit tiefen, runden Augenhöhlen, vorstehenden Wangenknochen und Schlüsselbeinen, die in scharfen Winkeln hervorragten. Seine Augen waren klein und rot, sahen aus wie winzige Tropfen geschmolzener Lava; sie verrieten Data, daß das Wesen, dem sie gehörten, über die Situation alles andere als amüsiert war.

Die Brückenbesatzung des fremden Schiffes trug ähnliche Mienen zur Schau. Der Androide zählte insgesamt sechs, drei von jedem Geschlecht. Obwohl er nicht wußte, wie diese Wesen die Verantwortung in einem Raumschiff aufgeteilt hatten, ging er davon aus, daß sie die Rollen in etwa so verteilt hatten, wie es auch bei Starfleet der Fall war.

»Mein Name«, sagte er zu den Fremden, »ist Data. Ich habe das Kommando über dieses Schiff, das *Yosemite* genannt wird.« Das war unter diesen Umständen nicht einmal eine Lüge. »In bezug auf Ihre frühere Mitteilung ...«

Der Commander der Fremden unterbrach Data mit

einer abfälligen Handbewegung. »Werden Sie sich entfernen oder nicht?« beharrte er. Sein Tonfall verriet noch mehr Ungeduld als zuvor.

Der Androide setzte sich im Stuhl des Captains auf. Er hatte erkannt, daß seine Antwort von großer Bedeutung war. Wenn er seine Worte nicht sorgfältig wählte, würde er nicht nur für seine eigene Vernichtung, sondern auch für die der Yann und der *Yosemite* verantwortlich sein.

»Wir haben nicht die Absicht, unsere derzeitige Position zu verlassen«, erklärte er. »Wir sind auf einer friedlichen Forschungsmission hier und haben nicht den Wunsch, jemandem Schaden zuzufügen. Wenn Sie mir keine ausreichenden Gründe nennen können, diesen Sektor zu verlassen, gehen wir auch weiterhin davon aus, daß er der Föderation genauso offensteht wie allen anderen.«

Data wartete auf die Antwort des Fremden. Er mußte nicht lange ausharren.

»Wir fühlen uns nicht verpflichtet«, erklärte der Commander ihm, »Ihnen einen anderen Grund als die Zerstörungskraft unserer Waffen zu nennen. Wenn Sie sich in fünf lunaren Millizyklen nicht aus diesem Sektor zurückgezogen haben, werden wir Ihnen zeigen, wie zerstörerisch diese Waffen sein können.«

Ohne eine Antwort abzuwarten, unterbrachen die Fremden die Verbindung. Statt der Brückenbesatzung sah Data nun ein Bild ihres Schiffes, das bedrohlich im All zu hängen schien.

Der Androide schaute die anderen Kadetten an, konnte bei ihnen aber keine große Zuversicht ausmachen. Die Yann wirkten aus dem Gleichgewicht ge-

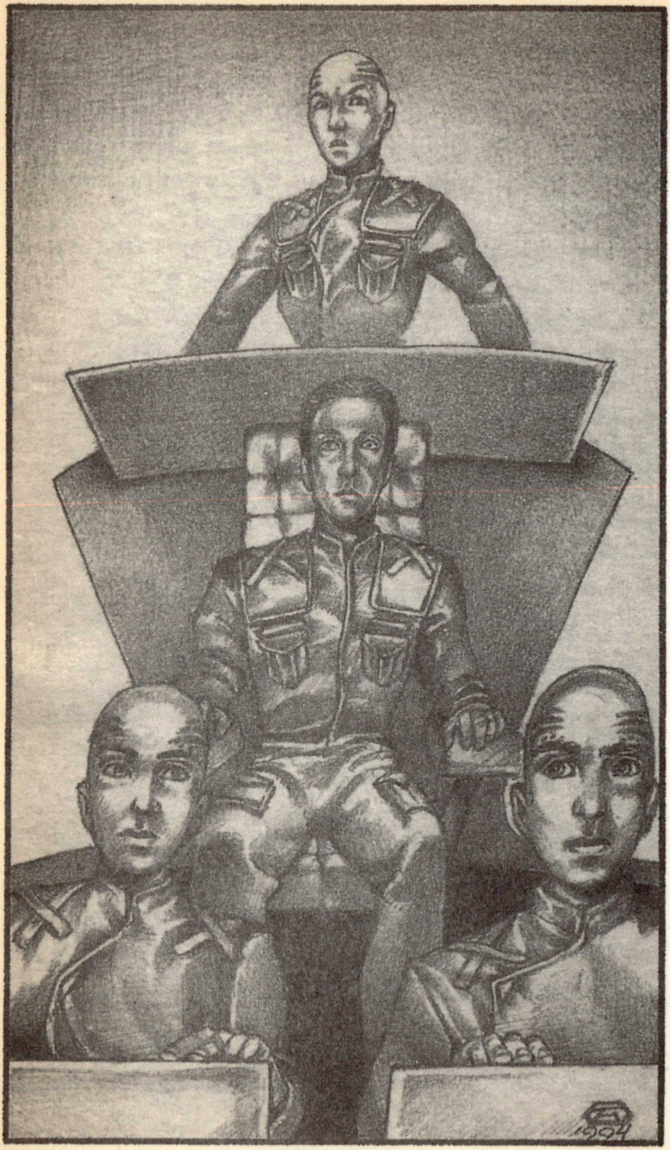
1994

bracht, ja sogar verängstigt, als sie untereinander Blicke wechselten. Sogar Sinna wirkte verzagt.

»Was sind fünf lunare Millizyklen?« fragte Odril. »Ist das viel Zeit oder wenig?«

Data konnte lediglich eine Vermutung treffen. »Wenn man von der durchschnittlichen Länge eines Mondzyklus in unserer Galaxis ausgeht«, sagte er, »entsprechen fünf Millizyklen etwa fünf Minuten.« Er hätte eine genauere Antwort geben können, fand allmählich jedoch heraus, daß die meisten Wesen keine so exakten Informationen verlangten.

Lagon sackte an seiner Kommunikationskonsole zusammen. »Wir sind verloren«, jammerte er. »Wenn sie das Feuer eröffnen, haben wir keine Chance – nicht, wenn unsere Schilde nur über minimale Energie verfügen.«

»Und nicht, solange wir weder über den Antrieb noch über die Waffen verfügen«, fügte Felai traurig hinzu.

Sinna seufzte. »Selbst wenn diese Systeme funktionsfähig wären«, stellte sie fest, »verfügte keiner von uns über die Erfahrung, sie zu bedienen.« Sie schaute den Androiden an. »Ausgenommen du, Data – und selbst *du* kannst nicht überall sein.«

Er mußte ihr beipflichten. Sie steckten tatsächlich in einer Zwickmühle, und es gab offensichtlich keine Möglichkeit, wieder herauszukommen.

Odril schaute von einem der Yann zum nächsten. »Wenn wir schon sterben müssen«, sagte er, »sterben wir wenigstens gemeinsam. Darin finden wir einen gewissen Trost, wenn auch sonst nichts.«

Und worin fand Data Trost? In seiner Einzigartigkeit? Seinem einsamen Status als einziges bekanntes positronisches Bewußtsein im Universum?

Zum Glück war der Androide nicht zum Sterben bereit – in keiner Hinsicht des Wortes. Nicht, solange es noch die winzigste Chance gab, den Tod zu vermeiden. Und das sagte er auch.

»Wir können eventuell überleben«, erklärte er den Yann. Sie sahen ihn an, als hätte er gerade behauptet, Chef von Starfleet Command zu sein. »Es ist nicht wahrscheinlich, aber möglich. Und zumindest ich werde nicht aufgeben, bis ich alle Möglichkeiten des Widerstands ausgeschöpft habe.«

Nachdem er seinen Spruch aufgesagt hatte, erhob Data sich und ging zum Turbolift. Die Türen öffneten sich, und er trat in die Kabine.

»Deck zwei«, sagte er. Er war überrascht, als er Schritte hinter sich hörte – und noch überraschter, als er feststellte, daß Sinna ihm schnell folgte.

Als sie in die Kabine trat, sah er, daß sie zu ihm hinaufschaute. »Du begleitest mich«, stellte er fest. Es war eher eine Frage.

»Ja«, antwortete Sinna. »Wahrscheinlich bin ich auch nicht der Ansicht, daß alles völlig hoffnungslos ist. Und selbst wenn das Schiff vernichtet werden sollte, fühle ich mich besser, wenn ich weiß, daß ich alles in meiner Macht Stehende getan habe, um es zu verhindern.«

Data neigte verwirrt den Kopf. »Ich verstehe nicht«, gestand er. »Ich hatte Grund zu der Annahme, daß Angehörige deiner Spezies immer als Gruppe agieren. Ich finde es bemerkenswert, daß du von den Handlungen und offensichtlich auch Gefühlen der anderen Yann abweichst.«

Sinna antwortete nicht. Vielleicht kam ihr Verhalten ihr selbst ebenfalls bemerkenswert vor. Auf jeden Fall hatten sie nicht viel Zeit, um über die Frage nachzudenken – denn die Türen des Turbolifts öffneten sich bereits und gaben den Blick auf den Feuerleitstand der *Yosemite* frei.

Dieser Ort war in ein schwaches rotes Licht getaucht – mehr gestand der Computer ihm angesichts des Notfalls nicht zu. Dennoch genügte er für das, was sie vorhatten.

»Offensichtlich«, sagte der Androide, als sie hinaustraten, »können wir in einer so begrenzten Zeit nicht alle Schiffssysteme hochfahren und funktionsfähig machen. Doch es ist ganz einfach, die Waffenfunktionen wieder zu aktivieren. Und wenn wir damit Erfolg haben ...«

»... wird es uns Zeit verschaffen, einige der anderen Systeme wiederherzustellen«, beendete Sinna begeistert den Satz.

Data warf ihr im Gehen einen Blick zu. »Genau.«

Als sie die primäre Phaserkonsole erreicht hatten – eine große Metalleinheit mit mehreren eingebauten Kontrollpulten –, versuchte er, das manuelle Kommando zu übernehmen. Das System reagierte nicht. Natürlich hatte er auch nicht damit gerechnet, aber es konnte nicht schaden, sich vorher zu überzeugen.

»Wir werden weitere Anpassungen im Energieversorgungsnetzwerk vornehmen müssen«, erklärte er. »Und dann eine Diagnose durchführen, um uns zu vergewissern, daß die Phaser selbst nicht beschädigt wurden.«

Sinna nickte. »Wie kann ich dir helfen?« fragte sie.

Der Androide deutete mit dem Kopf auf eine der

sekundären Konsolen. »Führe die Diagnose durch. Es ist nicht schwierig; du kannst auf dem Bildschirm eine Anleitung aufrufen. Ich werde inzwischen versuchen, uns mit einer geeigneten Energiequelle zu verbinden.«

Als sie sich an die Arbeit machten und Sinna im rötlichen Licht vor Konzentration mit den Kiefern knirschte, entschloß Data sich nachzurechnen, wieviel Zeit ihnen noch blieb. Bislang war fast eine Minute verstrichen – also blieben ihnen nach seiner Schätzung noch gut vier. Selbst wenn das Glück ihnen zur Seite stand, würden sie diese Zeit vollends ausschöpfen müssen.

Eine Zeitlang erklangen im Feuerleitstand keine anderen Geräusche als Sinnas Atem und das Klopfen ihrer Fingerspitzen auf den Kontrollkonsolen. Sie sprachen nicht, denn das hätte sie nur aufgehalten. Und falls die Yanna mit irgendwelchen Fragen konfrontiert wurde, war sie offensichtlich imstande, die Antworten allein herauszufinden.

Schließlich hob der Androide den Kopf. »Die Phaser sind wieder einsatzfähig«, sagte er, »auch wenn es noch eine Minute dauern wird, bis sie sich aufgeladen haben. Wie steht es mit der Diagnose?«

»Fast fertig«, erwiderte Sinna. Kurz darauf drehte sie sich mit einem grimmigen Lächeln auf dem Gesicht zu Data um. »Du hattest recht«, sagte sie. »Der Bildschirm hat mich tatsächlich geführt. Und alles scheint völlig in Ordnung zu sein.«

Sie hatte den Satz kaum beendet, als Lagons Stimme den Raum durchflutete. »Data?« rief er, und in diesem Wort lag eine entschiedene Dringlichkeit.

»Ich bin hier«, versicherte der Androide ihm.

»Sinna und ich haben unsere Aufgabe beendet. Wir warten nur darauf, daß ...«

»Dafür ist es zu spät«, stöhnte Lagon. »Unsere Zeit ist abgelaufen. Die Fremden haben zugeschlagen, wie sie es angedroht haben.« Er hielt inne, als versuche er, eine Welle von Panik niederzukämpfen. »Sie haben etwas an Bord gebeamt«, fuhr er fort. »Genaugenommen *mehrere* Etwas.«

Data verarbeitete die Information. »Handelt es sich dabei um Gegenstände oder Organismen?« fragte er.

Eine weitere Pause. »Das können wir nicht sagen«, kam dann die Antwort. »Und wir wissen nicht genug über die inneren Sensoren, um es herauszufinden.«

Der Androide runzelte ganz leicht die Stirn. Wäre er auf der Brücke gewesen, hätte er die Antwort problemlos in Erfahrung bringen können. Doch wie die Dinge standen, gab es eine schnellere Möglichkeit herauszubekommen, worum es sich handelte.

»Welches dieser Dinge ist dem Feuerleitstand am nächsten?« fragte er.

Erneut folgte eine Pause. »Eins befindet sich in dem Gang draußen«, erklärte der Yanna endlich. »Vielleicht dreißig Meter von eurer Position entfernt.«

Data drehte sich um und schaute zu der offenen Tür. »Bestätigt«, sagte er. »Ich empfehle, daß ihr euch aus der nächsten Waffenkammer Phaser besorgt. Nur für den Fall.«

Er wartete nicht lange genug, um Lagons Antwort darauf zu hören, durchquerte bereits den Raum und spähte auf den Gang hinaus.

Leider konnte er den Eindringling – falls es sich überhaupt um einen handelte – nicht sofort ausmachen. Von seinem Standort aus gesehen, schien der Korridor leer zu sein. Doch keine zehn Meter vom Feuerleitstand entfernt machte der Gang eine Biegung nach links, so daß er nicht sehen konnte, was sich dahinter befand.

»Wohin gehst du?« fragte Sinna, die zu ihm aufgeschlossen hatte.

»Ich versuche herauszufinden, was – oder wer – an Bord gebeamt wurde«, erwiderte der Androide.

»Aber was, wenn es gefährlich ist?« fragte sie. »Oder eine Waffe hat?«

»Dann finden wir das besser früher als später heraus«, riet er.

5

Als Data den Korridor entlanggging, war Sinna direkt hinter ihm – trotz ihrer offensichtlichen Bedenken. Schon nach ein paar Schritten hatte er die Biegung erreicht.

Er reckte den Hals um die Krümmung und betrachtete das Wesen, das die Fremden auf die *Yosemite* transferiert hatten. Nein, erkannte er – kein Wesen, sondern ein künstliches Gebilde wie er selbst.

Aber es handelte sich um eine viel primitivere Konstruktion, die aus glattem, dunklem Metall bestand, das kaum Licht reflektierte. Es verfügte über drei offensichtlich mechanische Arme und drei gleichermaßen mechanische Beine, einen kugelähnlichen Kopf und einen kurzen Torso, der wie ein Stundenglas geformt war.

Und es war zu dem Zweck geschaffen – falls man von den waffenähnlichen Aufsätzen an den Enden aller Arme ausgehen konnte –, alles zu vernichten, was sich ihm in den Weg stellte.

Data blieb nur ein Sekundenbruchteil, um all diese Beobachtungen zu machen, bevor einer der Arme des Dings herumwirbelte und ein brodelndes Sperrfeuer aus scharlachroter Energie in seine Richtung schickte. Mit Hilfe seiner Androidenreflexe zog er den Kopf um die Biegung zurück – und entging knapp dem Schuß, der die harte Duraniumwand hinter ihm verkohlte und Blasen darauf hervorrief.

Sinna packte ihn an der Schulter und sah ihm in die Augen. »Bist du in Ordnung?« fragte sie, und ihre Stimme war schrill vor Besorgnis um ihn.

Data nickte. »Ich bin unbeschädigt«, erwiderte er. »Doch das kann sich ändern, wenn wir uns nicht zurückziehen – und zwar schnell.«

Der Androide nahm die Yanna an der Hand und lief den Weg zurück, den sie gekommen waren. Er hörte, daß der künstliche Eindringling sie verfolgte. Seine Füße erzeugten laute, klickende Geräusche auf dem Boden.

Von der Häufigkeit der Geräusche und seiner Einschätzung der Schrittweite des Dings ausgehend, berechnete Data, daß es fast so schnell war wie er. Seine Schlußfolgerung wurde von einem Blick über die Schulter zurück bestätigt – der ihm verriet, daß sowohl er als auch Sinna nur noch geschwärzte Hüllen sein würden, sollte er sich nicht in weniger als einer Sekunde ducken.

Der Androide warf sich zur Seite und riß seine Gefährtin mit sich. Er sah, wie ein weiterer Energiestrahl des Eindringlings den Gang entlangschoß und auf die Wand an dessen Ende schlug. Wie zuvor hinterließ er geschwärzte Blasen auf der Duraniumoberfläche.

Data warf sich zur anderen Seite und wich damit einem weiteren tödlichen Strahl aus, der eine zweite Stelle auf der fernen Wand versengte. Dann erblickte er eine Biegung in dem Korridor vor ihnen und lief darauf zu. Sinna hielt mit, so gut sie konnte.

»Wir können nicht ewig rennen«, sagte sie. Ihre Stimme war angespannt vor Furcht. »Irgendwann wird es uns einholen.«

»Du hast recht«, sagte der Androide. »Wir müssen in die Offensive gehen.«

Aber wie? Sie hatten weder Phaser noch irgend etwas anderes, das sie als Waffen benutzen konnten. Sie mußten also irgend etwas finden, das nicht als Waffe *gedacht* war – und es so einsetzen, daß es ihren Zwecken diente.

Abrupt bildete sich ein Plan in Datas positronischem Gehirn. Wenn sie Zugang zu einem Transporterraum bekamen, konnten sie die Konstruktionen der Fremden vielleicht ins All beamen.

»Brücke«, rief er, während sie liefen. »Ich muß den nächsten Transporterraum erreichen. Könnt ihr mir sagen, wo er ist? Und wo die anderen Invasoren sind, damit wir ihnen ausweichen können?«

Diesmal antwortete Lagon fast sofort. »Es wäre keine gute Idee, einen Transporterraum aufzusuchen. Alle drei sind von den … hast du sie *Invasoren* genannt? Heißt das, daß sie doch leben?«

»Ja«, sagte Data. »Sie leben.« Zumindest nach *seinen* Maßstäben.

Da das Gebilde sie noch immer verfolgte, blieb keine Zeit für eine ausführlichere Antwort. Offensichtlich hatten die Fremden seine Idee mit dem Transporter einkalkuliert und ihre Kräfte so eingesetzt, daß sie sie verhindern konnten.

Als wolle er den Androiden an die Gefahr erinnern, in der er schwebte, bog das Ding, das sie verfolgte, um eine Ecke und bereitete sich darauf vor, einen weiteren Schuß abzugeben. Data bemerkte es bei einem Blick über die Schulter und griff wieder auf einen Zickzackkurs zurück.

Es funktionierte fast so gut wie zuvor, doch diesmal verfehlten die Energiestrahlen ihr Ziel nur um Zentimeter, bevor sie die Wände schwärzten. Hinter dem Androiden stöhnte Sinna auf.

Plötzlich kam Data eine andere Idee. Fast gleichzeitig sah er rechts vor ihnen einen geöffneten Turbolift. Wenn sie es dort hinein schafften, bevor das Gebilde sie versengte, bestand die Möglichkeit, daß er es kampfunfähig machen konnte – und alle anderen Invasoren ebenso.

Doch zuerst mußte er den Turbolift erreichen. Von einer Seite des Korridors zur anderen laufend, bemühte der Androide sich, kein berechenbares Ziel abzugeben. Wenn das Gebilde ein Muster in Datas Ausweichmanövern sah, würde es seine nächste Bewegung erwarten und ihn zerstören.

Sinna war zugute zu halten, daß sie weder schrie noch ein Wort der Verzweiflung äußerte. Sie hielt einfach die Hand des Androiden fest und biß die Zähne zusammen; ihre weit aufgerissenen Augen zeigten jedoch alle Gefühle, die sie zu beherrschen versuchte.

Es war nicht mehr weit, versicherte Data sich, als ein verheerender Energiestoß so nah an seinem Ohr vorbeizischte, daß er kurz glaubte, getroffen worden zu sein. Erst als sein neurales Netzwerk unmittelbar darauf nach Schäden suchte, wurde ihm klar, daß der Strahl ihn verfehlt hatte. Doch trotz aller Bemühungen des Androiden kam das Gebilde ständig näher.

Er zog den Kopf ein, rannte, so schnell er konnte, und hielt direkt auf den offenen Lift zu. Er hörte das Klicken der Füße ihres Verfolgers, der durch den Korridor lief und mit der Geschwindigkeit des Androiden Schritt hielt. Während Data versuchte auszuweichen, tauchten weitere schwarz verkohlte Stellen auf den Wänden vor ihm auf.

Schließlich war der Androide nur noch ein paar Meter vom Lift entfernt. Mittlerweile, so wurde ihm klar, mußte das Gebilde ihr Ziel erkannt haben. Um auf Nummer Sicher zu gehen, tat er so, als wolle er sich in die Kabine werfen – und sprang dann zurück, als das Ding hinter ihnen eine weitere Salve abschoß.

Der Energiestrahl schnitt eine schwarze Furche in die Duraniumoberfläche knapp neben dem Lift – doch sowohl der Androide und die Yann blieben unverletzt. Bevor das Gebilde erneut schießen konnte, warf er sich schnell in die Kabine.

Noch während er und Sinna in einem Durcheinander aus Armen und Beinen zu Boden stürzten, bellte er laut: »Deck drei.«

Augenblicklich begannen die Kabinentüren sich zu schließen – doch nicht so schnell, wie Data es gern gehabt hätte. Wenn der Eindringling sie hier erwischte, konnten sie seinen tödlichen Strahlen nicht ausweichen.

Er hatte diese Möglichkeit kaum in Betracht gezogen, als einer der dunklen, metallischen Arme des Gebildes in Sicht kam – mit einer Waffe an ihrem Ende. Der Androide mußte hilflos zusehen, wie das Ding durch den beständig schmaler werdenden Zwischenraum der Türhälften auf sie zielte.

Als der Lauf der Waffe genau auf Datas Stirn gerichtet war, feuerte das Gebilde. Doch der Energiestrahl kam einen Sekundenbruchteil zu spät. Die Türhälften vollendeten ihre Bewegung, schlossen sich und behüteten den Androiden und seine Begleiterin damit vor Schaden.

Doch selbst jetzt waren sie noch nicht völlig außer Gefahr. Unter ihren Blicken kräuselte sich das Material der Tür an der vertikalen Naht und schlug Blasen. Zweifellos würde die konzentrierte Energie sich irgendwann auch durch das widerstandsfähige Duranium fressen.

Zum Glück gehorchte die Kabine in diesem Augenblick Datas Befehl und begann mit ihrem Abstieg. Als sie sich in Richtung des dritten Decks bewegte, blieben sämtliche Spuren vom Sperrfeuer des Invasors hinter ihnen zurück. Sie waren in Sicherheit – zumindest im Augenblick.

Der Androide löste sich von Sinna und half ihr auf die Füße. »Bist du in Ordnung?« fragte er.

Sie nickte dankbar. »Ja ... ich glaube schon. Wohin fahren wir überhaupt?«

Bevor Data antworten konnte, hielt der Turbolift an, und die Türen öffneten sich. Er nahm die Yanna an der Hand und führte sie auf Deck drei.

»In der Nähe ist ein Hilfskontrollzentrum«, erklärte er, während sie sich nach rechts wandten und durch den gewundenen Korridor liefen. »Dort haben wir direkten Zugriff auf alle Lebenserhaltungsfunktionen des Schiffes.«

Sinna sah ihn an. »Auf die Lebenserhaltung? Aber dieses Ding sah nicht aus, als müßte es atmen ... oder bräuchte Wärme, was das betrifft. Wie sollen wir es also aufhalten, indem wir Veränderungen bei der Lebenserhaltung vornehmen?«

»Die Lebenserhaltung umfaßt mehr als nur Luft, Wärme und Licht«, erinnerte der Androide sie.

Doch bevor er mehr sagen konnte, erblickte er am Ende eines kurzen Ganges den Eingang des Hilfskontrollzentrums. Nachdem sein Ziel nun in Sicht war, zog er seine Begleiterin noch schneller vorwärts. Schließlich konnten sie nicht wissen, ob einer der künstlichen Eindringlinge sich demselben Ziel näherte.

Als sie das Kontrollzentrum erreichten, trennten die Türhälften sich mit einem leisen Zischen für sie. Sie befanden sich kaum darin, als Data sich auch schon umsah – und die Konsole entdeckte, wegen der er hier war. Das war nicht sehr schwierig, wenn man in Betracht zog, daß es sich um die größte und komplizierteste in dem Raum handelte.

Direkt darüber befand sich ein internes Sensorgitter – ein Querschnitt der *Yosemite* in leuchtenden grünen Linien. Sobald er die Eindringlinge darauf ausfindig gemacht hatte, sagte der Androide sich, konnte er auf dem Gitterwerk ihre Bewegungen verfolgen.

»Ich verstehe noch immer nicht«, bemerkte Sinna. »Was umfaßt die Lebenserhaltung außer Luft, Wärme und Licht?«

»Schwerkraft«, sagte er einfach und untersuchte weiterhin das Gerät vor ihm.

»Schwerkraft?« wiederholte sie.

Data nickte. »Wie du weißt, herrscht auf den meisten Starfleet-Schiffen einhundert Prozent der erdnormalen Gravitation. Ich habe vor, diesen Wert an einigen Stellen überall auf der *Yosemite* beträchtlich zu erhöhen – und damit die Invasionseinheiten bewegungs- und funktionsunfähig zu machen.«

Nachdem er Sinna alle Informationen gegeben hatte, die er als nötig erachtete, wandte er seiner Aufgabe die vollständige Aufmerksamkeit zu.

Captain Thorsson persönlich hatte dem Androiden

gezeigt, wie man eine Sensortafel bediente; also war es keine große Herausforderung, die Positionen der Eindringlinge ausfindig zu machen. Es schienen sich insgesamt sechs an Bord des Schiffes zu befinden.

Als er fertig war, wurde jeder von ihnen durch einen roten Punkt auf dem hellgrünen Gitterwerk dargestellt. Je ein Eindringling in jedem Transporterraum der *Yosemite,* wie Lagon ihnen bereits mitgeteilt hatte. Einer vor dem Turbolift auf Deck zwei – der vielleicht noch immer die Lifttür unter Feuer nahm. Ein weiterer auf Deck eins, der den Maschinenraum bewachte.

Und einer auf Deck drei – der auf dem Weg zu ihnen war. Zum Glück befand er sich ganz am anderen Ende des Schiffes, sonst hätte Data seinen Plan überdenken müssen.

Nachdem er die Eindringlinge ausfindig gemacht hatte, bestand der nächste Schritt darin, die im gesamten Schiff vorherrschende Schwerkraft an bestimmten Stellen abzuändern. Der Androide arbeitete an den Kontrollen und hob die Sperren in kürzester Zeit auf. Dann gab er dem Computer seine Anweisungen – und wiederholte sie Sinna zuliebe laut.

»Erhöhe die künstliche Schwerkraft«, sagte er, »auf eintausend Prozent Erdnorm auf Deck fünf, Sektionen sieben … siebzehn … und vierundzwanzig.«

Damit wären die Eindringlinge in den Transporterräumen außer Gefecht gesetzt.

»Erhöhe um denselben Faktor auf Deck zwei, Sektion sechs … Deck eins, Sektion dreißig … und Deck drei, Sektion neun.«

Damit wären die drei anderen ausgeschaltet.

Doch als der Computer sich daran machte, Datas

Befehle auszuführen, sah der Androide, daß sein Plan nicht so glatt verlaufen würde, wie er es sich erhofft hatte. Sein Gesichtsausdruck mußte es verraten haben, denn seine Begleiterin legte eine Hand auf seine Schulter.

»Was ist los?« fragte Sinna.

Der Androide sah sie an. »Die *Yosemite* ist ein viel älteres Schiff als die *Tripoli*«, erklärte er. »Auf der *Tripoli* wäre es möglich gewesen, gleichzeitig Felder mit erhöhter Schwerkraft zu erzeugen. Doch hier werden meine Befehle nacheinander ausgeführt. Mit anderen Worten, es kann lediglich ein Feld nach dem anderen erzeugt werden.«

Sie runzelte besorgt die Stirn. »Heißt das, es klappt nicht?«

Data schüttelte den Kopf. »Nicht unbedingt. Es dauert einfach nur länger. Und die Felder werden in der Reihenfolge erzeugt, die ich dem Computer genannt habe.«

Sinna sah ihn an. »Das spielt doch keine Rolle – solange wir damit alle erwischen. Oder?«

»Korrekt«, erwiderte er. »Doch unsere Unfähigkeit, die Reihenfolge zu verändern, *verhindert* vielleicht, daß wir alle erwischen.«

Er wandte sich wieder dem Sensorgitter mit den sechs roten Punkten zu. Einer bewegte sich. Data zeigte darauf und zog die Bewegung mit dem Finger nach.

»Das hier«, sagte er, »ist der letzte Eindringling auf Deck drei. Er nähert sich uns mit beträchtlicher Geschwindigkeit – er muß herausgefunden haben, daß wir uns hier befinden, wenngleich ich nicht weiß, auf welche Weise.« Sein Finger glitt zu einer Stelle auf halbem Weg zwischen dem roten Punkt und ihrer derzeitigen Position. »Hier wollte ich die Schwerkraftfalle erzeugen – an einer Kreuzung, die er auf dem Weg zu uns einfach passieren muß.«

»Aber es gibt keine Garantie dafür, daß die Falle auch rechtzeitig errichtet wird, um das Ding zu erwischen«, schloß Sinna.

»Nicht die geringste«, bestätigte der Androide.

6

Data wußte, daß Sinna mit ihrer Lage nicht zufrieden sein konnte – doch wie auch schon zuvor behielt sie ihre Befürchtungen für sich.

Nur ihre Augen verrieten ihre Besorgnis, während sie das Vorankommen des roten Punkts auf Deck drei verfolgten. Er bewegte sich mit einer überaus beeindruckenden Geschwindigkeit durch das Schiff und kam ihnen schnell näher.

Doch gleichzeitig arbeitete der Computer der *Yosemite* daran, ihn aufzuhalten. Plötzlich veränderte sich etwas in der Nähe des roten Punkts in Sektor sieben auf Deck fünf. Das Gitter veränderte seine Farbe an dieser Stelle von Grün zu Blau.

Das bedeutete, daß sein erster Befehl ausgeführt worden war. Einer der Invasoren wurde nun von einer Schwerkraft festgehalten, die zehnmal höher war als die auf der Erde.

Einer erledigt, dachte der Androide … blieben noch fünf übrig. Einen Augenblick später verfärbte sich eine zweite Sektion auf dem Sensorgitter blau. Dann eine dritte.

Alle drei Eindringlinge auf Deck fünf waren ausgeschaltet worden. Data sah zu, wie ein vierter – das Gebilde auf Deck eins, in der Nähe des Maschinenraums – ebenfalls neutralisiert wurde.

»Nur noch zwei übrig«, stellte Sinna fest. Sie hatte den Satz kaum beendet, als ein fünfter Punkt sich blau färbte, womit nur noch ein Eindringling übrigblieb – der auf ihrem Deck.

Der Androide verfolgte seine Bewegungen durch das Gitter, berechnete seine Geschwindigkeit und schätzte ab, wann er die Stelle erreichen würde, an der die Schwerkraftfalle errichtet werden würde. Dann überprüfte er den Fortschritt, den der Computer beim Errichten der Falle gemacht hatte.

»Werden wir es noch rechtzeitig schaffen?« fragte Sinna. In ihrer Stimme war deutlich die Anspannung zu hören.

Datas Antwort war einfach, knapp und völlig emotionslos. »Nein«, informierte er sie. »Das werden wir nicht. Das Gebilde wird den Ort der Falle passieren, mehrere Sekunden, bevor die Falle errichtet wird.«

Sinnas Mund klaffte auf. »Du meinst, es kommt hierher ... und wir können nichts tun, um es aufzuhalten?« Sie bemühte sich, sich zusammenzureißen. »Hast du denn gar keine Angst davor, was jetzt passieren könnte?«

Ohne sie anzuschauen, machte der Androide sich wieder an den Kontrollen zu schaffen. »Ich bin nicht imstande, Angst zu haben«, erklärte er. »Das ist nicht Teil meiner Programmierung. Doch ich wünsche genausowenig wie du, vernichtet zu werden. Deshalb habe ich bereits einen zweiten Plan in die Wege geleitet.«

Das schien sie etwas zu beruhigen. »Einen zweiten Plan?« wiederholte sie. »Du meinst, es besteht noch eine Chance ...?«

»Daß wir das Ding aufhalten können?« Er hielt den Blick auf die Konsole gerichtet und nickte. »Ja, eine Chance – aber mit einer noch geringeren Aussicht auf Erfolg als zuvor. Versteht du, *dieser* Plan hängt nicht nur vom Schiffscomputer ab, sondern auch von *uns*.«

»Dagegen habe ich nichts«, sagte Sinna, womit sie ihn erneut überraschte. Die Muskeln in ihren Schläfen kräuselten sich vor Entschlossenheit. »Alles ist besser, als einfach hier zu sitzen und zu warten. Was müssen wir tun?«

Data drehte sich zu ihr um. »Ich habe den Computer angewiesen, eine weitere Falle zu errichten. Doch sie liegt an einem von mehreren Wegen, die der Eindringling hierher nehmen könnte. Wenn er einen anderen Weg einschlägt, wird sie nutzlos sein.«

Seine Gefährtin musterte ihn. »Ich verstehe, worauf du hinauswillst. Wir müssen ihn finden und dazu bringen, uns auf diesem Weg zu verfolgen, ohne selbst in die Falle zu laufen.«

»Genau«, erwiderte der Androide. »Natürlich«, fuhr er fort, »wäre es angenehmer gewesen, die Falle direkt vor diesem Kontrollraum zu errichten. Doch dann würden wir ihn nicht mehr verlassen können, ohne das Gebilde von den Kräften zu befreien, die es festhalten.«

Sinna nickte, um ihm zu zeigen, daß sie verstanden hatte. Mit einem letzten Blick auf die Lebenserhaltungskonsole ging Data auf den Gang hinaus und bedeutete ihr, ihm zu folgen.

»Komm«, sagte der Androide. »Wir müssen schnell handeln.«

Mit Sinna dicht auf den Fersen, spurtete Data den Korridor entlang. Er benötigte nur ein paar Sekunden, um eine Kreuzung zu erreichen, an der er rechts abbog und einen weiteren Gang entlang lief. An der nächsten Kreuzung bog er nach links ab, ohne langsamer zu werden.

Seine Begleiterin gab ihr Bestes, um mit ihm Schritt zu halten. Mehr war im Augenblick nicht nötig. Erst wenn sie ihrem Gegenspieler begegneten, würde es wirklich auf Geschwindigkeit ankommen.

Stück um Stück näherten sie sich der Stelle, an der ihr Weg sich mit dem des Eindringlings schneiden würde. Data konnte nur hoffen, daß ihr Widersacher keinen Grund sah, einen anderen Weg einzuschlagen, oder er und Sinna würden Schwierigkeiten kriegen. Schließlich hätten sie sich ohne das Sensorgitter den Weg auch im Dunkeln ertasten können.

Doch kurz darauf stellten sie fest, daß sie auf der richtigen Spur waren. Natürlich hörte der Androide es zuerst.

Es war das klickende Geräusch, das die Eindringlinge beim Laufen erzeugten. Data blieb kurz vor einer weiteren Kreuzung stehen und bedeutete Sinna, es ihm gleichzutun.

»Bei den Zwillingsmonden«, keuchte sie, vor Anstrengung fast außer Atem. Sie runzelte die Stirn und lauschte konzentriert. »Ist es das, wofür ich es halte?«

»Es ist der Eindringling«, erwiderte der Androide, nur für den Fall, daß sie tatsächlich eine Antwort erwartete.

Die klickenden Geräusche wurden lauter, doch Data und Sinna wagten es noch nicht, wieder davonzulaufen. Sie *mußten* dafür sorgen, daß das Gebilde ihnen dann auch wirklich folgte. Also warteten sie.

Und *warteten*.

Als Data schließlich den Eindruck hatte, daß das Ding direkt neben ihnen stand, spähte er in der Hoff-

nung, ihren Widersacher auszumachen, um die Ecke. Wie sich herausstellte, machten sie sich *gleichzeitig* aus.

Nicht einmal der Androide war auf das vorbereitet, was nun folgte. Er erwartete, eine Maschine wie die zu sehen, mit der sie sich bereits auseinandergesetzt hatte, mit ähnlichem Aussehen und ähnlichen Fähigkeiten.

Er lag falsch. Und dieser Fehler hätte ihn das Leben gekostet, wäre es ihm nicht gelungen, den Kopf gerade noch rechtzeitig zurückzuziehen.

Der Energiestrahl des Eindringlings zerfetzte einen großen Teil der Wand, vor der er gestanden hatte, und ließ davon nur noch einen rauchenden Haufen metallischer Schlacke zurück. Er zog Sinna hinter sich, und sie liefen den Gang zurück.

»Dieser Schuß …«, begann die Yanna.

»War viel stärker als die, die wir zuvor beobachtet haben«, bestätigte der Androide. »Das liegt daran, daß wir es hier mit einer anderen Art von Gebilde zu tun haben … mit einer, die offensichtlich wesentlich stärker ist als das Exemplar, dem wir bereits begegnet sind.«

Für weitere Ausführungen blieb ihm keine Zeit, denn auf beiden Seiten von ihnen verwandelten die Wände sich unter dem destruktiven Einfluß der Strahlenwaffe des Eindringlings in glühende Schlacke.

Mit drei Schritten schloß Data zu Sinna auf; ein weiterer, und er hatte sie überholt. Dann nutzte er wie zuvor seine übermenschliche Schnelligkeit aus, um dem Sperrfeuer des Verfolgers auszuweichen.

Als der Androide an der Kreuzung nach rechts

abbog, glitt er kurz aus – und das hätte ihn fast seine künstliche Existenz gekostet. Zum Glück ermöglichten seine positronischen Reflexe ihm, noch rechtzeitig zu reagieren, bevor der Schuß des Eindringlings ihm den Kopf abriß. Von einem neuen Gefühl der Dringlichkeit getrieben, zog er den Kopf ein und lief weiter.

Das Gebilde war nicht so weit hinter ihnen, wie Data es gern gehabt hätte. Er hörte, daß die Füße des Dings mit einer Geschwindigkeit den Boden berührte, die der seinen gleichkam. Dieser Eindringling, so wurde dem Androiden klar, verfügte nicht nur über wesentlich stärkere Feuerkraft, sondern war auch schneller als die anderen.

Data bewältigte den Korridor im Zickzackkurs. Zick. Zack. Wieder zack. Und Sinna folgte ihm, vollzog seine Bewegungen nach.

Der Androide bedauerte den Umstand, daß ihre Ausweichmanöver ihre Geschwindigkeit verringerten, doch daran ließ sich nun mal nichts ändern. All ihre Schnelligkeit würde ihnen nicht mehr helfen, wenn das Gebilde sie ins Visier bekam.

An der nächsten Kreuzung wandte Data sich nach links und achtete darauf, nicht erneut ins Rutschen zu kommen. Doch die Schüsse ihres Gegenspielers verfehlten sie nun nur noch um ein paar Zentimeter und verwandelten die Wand neben ihnen in einen geschwärzten, zischenden Trümmerhaufen.

»Wie weit noch?« fragte Sinna. Sie rang nach Luft, und aufgrund der Anstrengung hatte ihr Gesicht sich hellrot verfärbt.

»Es ist nicht mehr weit«, erwiderte er, achtete aber darauf, nicht langsamer zu werden. »Ich habe den

Computer so programmiert, daß er die Schwerkraftfalle direkt hinter der nächsten Kreuzung errichtet.«

Mittlerweile müßte der Computer der *Yosemite* genug Zeit gehabt haben, um seine Befehle auszuführen. Die Falle müßte einsatzbereit sein.

Aber was, wenn sie es nicht war? Wenn etwas schiefgegangen war und es nichts gab, was den Eindringling aufhalten konnte?

Der Androide wollte darüber nicht nachdenken. Statt dessen konzentrierte er sich darauf, es bis zum Ende des Ganges zu schaffen, wo es für ihn und Sinna zur Entscheidung kommen würde.

Als spürte das Gebilde irgendwie, daß die Jagd nun ein Ende nehmen würde – so oder so –, erhöhte es die Intensität seines Angriffs. Die Schüsse schlugen auf beiden Seiten von Data durch die Wände und erzeugten einen Lärm wie von tausend kreischenden Stimmen.

Rauch stieg in dicken, schwarzen Schwaden um den Androiden und seine Begleiterin auf. Trümmerstücke der Wand und der Decke spritzten zischend neben ihren Füßen zu Boden. Und er lief noch immer weiter, ihrer – wie er hoffte – Rettung entgegen.

Data kniff die Augen zusammen und bemühte sich, die vor ihm liegende Kreuzung durch den Rauch auszumachen... und die knisternden roten Energiestrahlen, die Tunnels aus grellem Licht durch den Qualm trieben. Er konnte kaum die Ecken erkennen, wo die Wände endeten und der Korridor einmündete.

Was er in den nächsten ein, zwei Sekunden bewerkstelligen mußte, verlangte ein auf den Sekundenbruchteil genaues Timing. Denn wenn er zu früh stehenblieb und nach rechts oder links abbog, würde die Maschine, die ihn verfolgte, dies bemerken und seinem Beispiel folgen.

Doch wenn er zu lange wartete, würden er und Sinna in die Schwerkraftfalle geraten. Und während das Hochintensitätskraftfeld sich für ihn wahrscheinlich nicht als tödlich erweisen würde, würde die Yanna es bestimmt nicht überleben. Und er konnte sie auch nicht im letzten Augenblick zurückstoßen – weil der Eindringling dann vielleicht sie statt ihn verfolgen würde.

Der Rauch glitt an beiden Seiten an ihm vorbei. *Noch nicht,* sagte er sich.

Ein purpurroter Strahl versengte den Stoff, der seine rechte Schulter bedeckte, und verfehlte knapp die weiche künstliche Haut darunter. *Noch nicht,* sagte er sich.

Ein Teil des Bodens neben seinem Fuß verwandelte sich in eine schwarze, sickernde Wunde. *Noch nicht,* entschloß er sich und biß die Zähne zusammen.

Und als er dann anscheinend keine andere Wahl mehr hatte, als sich kopfüber auf die Kreuzung und in die Falle zu stürzen, die ihn auf der anderen Seite erwartete, stieß der Androide sich mit dem linken Fuß ab und warf sich scharf nach rechts.

Er hätte keinen Augenblick länger warten können, dachte er, als er und seine Begleiterin herumwirbelten und zum Stehen kamen. Doch reichte es? Würde sein Plan die gewünschte Wirkung zeigen?

Data bekam die Antwort einen Sekundenbruchteil später, als der Eindringling mit voller Geschwindigkeit über die Kreuzung schoß… und mitten in die Schwerkraftfalle lief.

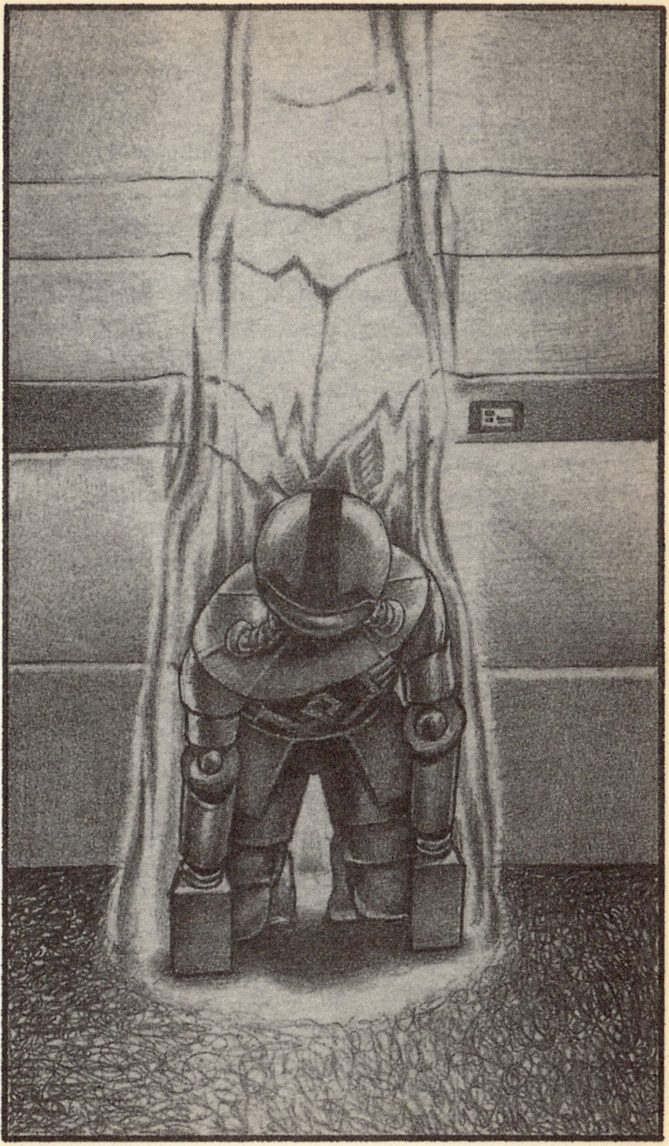

Einen Moment lang war auf dem Gang kein Geräusch außer Sinnas keuchendem Atem zu hören. Der Androide bereitete sich auf das Schlimmste vor, glitt zur Ecke und reckte den Hals, um auf die Kreuzung zu spähen.

Zu seiner Überraschung stellte er fest, daß der Eindringling ihn genau ansah und den Waffenarm in seine Richtung gehoben hatte.

Erst da kam Data in den Sinn, daß er sich vielleicht verkalkuliert hatte. Obwohl die Schwerkraftfalle die fünf anderen Invasoren ausgeschaltet hatte, war diese wesentlich stärkere und tödlichere Version womöglich imstande, die Gravitationswirkung abzuschütteln.

Data konnte fast den purpurnen Energiestrahl sehen, der ihm das Verderben bringen würde. Doch er blieb aus.

Statt dessen knickte das Gebilde an der Taille ein und erlag endlich der Falle des Androiden. Und nachdem es einmal zusammengebrochen war, bestand keine Möglichkeit mehr, daß es sich wieder erheben konnte.

»Es hat geklappt«, sagte eine Stimme hinter Data. Er drehte den Kopf und sah, daß Sinna neben ihn getreten war. »Du hast es geschafft«, sagte sie kichernd. »Du hast sie alle unbeweglich gemacht.«

»Den Anschein hat es«, pflichtete der Androide ihr bei. Wenigstens für den Augenblick waren die Gebilde neutralisiert worden.

Doch das bedeutete nicht, daß sie außer Gefahr waren. Sobald die Fremden feststellten, daß ihre Eindringlinge versagt hatten, würden sie die *Yosemite* vielleicht auf irgendeine andere Art und Weise angreifen.

»Computer«, sagte der Androide abrupt, »verbinde mich mit der Brücke. Bist du da, Lagon?«

Der Yanna antwortete sofort. »Wo sollte ich sonst sein?« fragte er. »Seid ihr in Ordnung?«

»Uns geht es gut«, versicherte Data ihm. »Und euch?«

»Ebenfalls.«

»Keine weiteren Drohungen von dem fremden Schiff?« fragte der Androide.

»Keine«, erwiderte Lagon.

»Wir haben uns Sorgen gemacht«, sagte eine andere Stimme, die Data als die Odrils erkannte. »Wir hatten Angst, die Invasoren hätten euch vielleicht erwischt, bevor sie bewegungsunfähig gemacht wurden.«

»Bewegungsunfähig?« wiederholte Sinna und lächelte Data verspielt an.

»Ja«, erwiderte Lagon. »Zumindest hat der Computer uns das gesagt. Offensichtlich hat es irgendwelche Schwierigkeiten mit der künstlichen Schwerkraft an Bord gegeben, auch wenn wir noch nicht wissen, wie es dazu gekommen ist.« Er hielt inne. »Wenn ihr einem von ihnen begegnet, könnt ihr vielleicht Licht in die Sache bringen.«

Sinna lachte leise. »Vielleicht können wir das.«

7

Data machte den Yann auf der Brücke keine Vorwürfe, daß sie ihm nicht glaubten. Es fiel ihm selbst nicht leicht, es zu glauben.

»Bist du *sicher?*« fragte Odril.

Der Androide nickte. »Ziemlich sicher.«

»Alle sechs?« fragte der skeptisch dreinschauende Felai.

»Alle sechs«, bestätigte der Androide.

»Aber der Computer hat uns mitgeteilt, daß sie von Anomalien im künstlichen Schwerkraftsystem unbeweglich gemacht wurden.«

»Das stimmt«, erwiderte Sinna. »Aber Data hat die Anomalien im System geschaffen.«

»Aber wie war ihm das möglich?« fragte Lagon nach. »Wie hat er Zugriff auf das System bekommen?«

»Über das Hilfskontrollsystem des Schiffes«, erklärte Sinna.

Odrils Augen wurden vor Bewunderung größer. »Das Hilfskontrollsystem«, wiederholte er. »Natürlich. Ich bin erst heute morgen daran vorbeigegangen. Weißt du, manchmal kannst du ganz nützlich sein, Data.«

»Ja«, fiel Felai ein. »Auf jeden Fall, wenn es um technische Fragen geht.«

Der Androide war über die Bemerkung nicht verärgert. Hätte er Gefühle gehabt, hätte er vielleicht anders reagiert. Doch so sah er Felais Meinung lediglich als das an, was sie war – eine Meinung –, und beließ es dabei.

Sinna hingegen wollte es nicht dabei bewenden lassen. »Data hat uns auch noch in anderer Hinsicht geholfen«, erinnerte sie die anderen Yann. »Oder habt ihr schon vergessen, wie er vor kurzem mit den Fremden gesprochen hat?«

Felai räusperte sich. »Er hat sie nicht davon abgehalten, uns anzugreifen.«

»Nein«, gestand Odril ein und musterte den Androiden. »Aber er hat verhindert, daß sie erkennen, wie verletzbar wir in Wirklichkeit sind. Und das mag sich letzten Endes als Schlüssel für unser Überleben herausstellen.«

»Odril hat recht«, stellte Lagon fest. »Außerdem ... was haben wir denn schon zustande gebracht? Wir konnten nicht mal diese dummen Handphaser finden, die wir gesucht haben.«

»Die Schränke mit den Phasern verfügen über einen Schutz gegen unbefugtes Öffnen«, warf Felai ein.

»Data hätte eine Möglichkeit gefunden, die Schutzvorkehrung zu umgehen«, sagte Sinna.

Es behagte dem Androiden nicht, Gegenstand dieser Kontroverse zu sein. Das sagte er den Yann auch, aber es schien nichts zu nutzen. Während sie zuvor alle einer Meinung gewesen zu sein schienen, hatten die Umstände sie gezwungen, individuelle Positionen zu beziehen – wenigstens für den Augenblick.

Das Gespräch wäre bestimmt fortgeführt worden – hätte nicht eine rote Lampe auf dem Kommunikationspult zu blinken begonnen. Lagon warf einen

Blick auf seine Monitore und schaute dann zu den anderen auf.

»Sie rufen uns«, erklärte er und sah Data an. »Was sollen wir tun?«

Der Androide brauchte kaum eine Sekunde, um eine Entscheidung zu treffen – wenngleich er sich wünschte, er hätte sie mit mehr Zuversicht fällen können. »Wir antworten«, sagte er einfach und nahm wieder auf dem Stuhl des Captains Platz.

Abrupt veränderte sich das Bild auf dem Schirm. Wo gerade noch das Schiff der Fremden zu sehen gewesen war, zeigte er nun das skelettähnliche Gesicht dessen Kommandanten. Und wenn es vorher alles andere als freundlich gewesen war, wirkte es nun geradezu grimmig.

»Wie Sie festgestellt haben«, erklärte das Fremdwesen, »meinen wir es ernst. Glauben Sie mir, diese Roboter waren nur ein Vorgeschmack dessen – ein kleiner Vorgeschmack –, was wir für Sie auf Lager haben. Entfernen Sie sich also, wie wir es Ihnen befohlen haben.«

Leider konnte Data den Wunsch des Captains nicht erfüllen, auch wenn er es gern getan hätte. Der Antrieb der *Yosemite* war noch immer nicht einsatzfähig. Und solange sich daran nichts änderte, würden weder er noch die Yann irgendwo hinfliegen.

Andererseits waren die Phaser des Schiffes wieder aktiviert. Und indem sie die Roboter der Fremden ausgeschaltet hatten, hatten sie den Phaserbatterien Gelegenheit verschafft, sich wieder aufzuladen. Er mußte nur noch den Befehl erteilen, und sie konnten auf das andere Schiff feuern.

»Wie zuvor«, warnte der Fremde, »haben Sie fünf

lunare Millizyklen. Treffen Sie die richtige Wahl, Captain Data. Das Leben Ihrer Besatzung hängt davon ab.«

Data war nicht überrascht, als das skeletthafte Gesicht verschwand. Zumindest dieser Aspekt des Verhaltens des Kommandanten war ziemlich vorhersehbar geworden.

Stille trat auf der Brücke ein. Data schaute sich um und stellte fest, daß seine Gefährten ihn ansahen – vielleicht weil er derjenige war, der auf dem Sessel in der Mitte saß.

»Was sollen wir tun?« fragte Odril. »Wir können doch nicht einfach hier sitzen und uns von ihnen in unsere Atome auflösen lassen.«

»Das *müssen* wir auch nicht«, stellte Felai klar. »Nicht, wenn wir sie *zuerst* in Atome auflösen können. Wenn unsere Phaser wieder einsatzbereit sind, können wir ihnen einheizen.«

Der Androide nickte. »Zu diesem Schluß bin ich vor über einer Minute gekommen.«

»Warum hast du dann nicht den Befehl erteilt?« fragte Felai ungeduldig. »Worauf wartest du?«

Data drehte sich zum Bildschirm um. Ja, warum? Was hielt ihn zurück?

»Weil«, sagte er schließlich, »hier etwas nicht stimmt.«

Odrils Stimme hob sich um eine Oktave. »*Natürlich* stimmt etwas nicht. Wir sind in Gefahr, vollständig vernichtet zu werden – wenn wir nicht zuerst zuschlagen.«

Der Androide schüttelte den Kopf. »Nein«, murmelte er. »Das meine ich nicht. Mit der gesamten Situation stimmt etwas nicht. Etwas ist nicht logisch.«

Sinna trat neben Data. Der Androide nahm sie aus dem Augenwinkel wahr.

»Data ... worum geht es?« fragte sie leise. »Worüber denkst du nach?«

»Ist es nicht seltsam«, fragte er, »daß die Fremdwesen Roboter auf unser Schiff schicken, statt auf eine konventionellere Angriffsform zurückzugreifen? Man könnte fast schließen, daß ihnen keine konventionellen Waffen zur Verfügung stehen – auch wenn ihr Schiff eindeutig so konstruiert ist, daß man es mit solchen Waffen bestücken kann.«

Sinna kniff die Augen zusammen, während sie über die Frage nachdachte. »Du hast recht«, sagte sie dann. »Das *ist* eine seltsame Vorgehensweise, um Feindseligkeiten zu eröffnen. Aber wenn sie nicht in der Lage sind, ihre Waffen einzusetzen ...«

»Warum drohen sie dann, auf uns zu schießen?« fragte Odril und beendete ihren Satz für sie.

»Vielleicht«, sagte der Androide, »ist es ein Bluff. Ein Täuschungsmanöver.«

»Du meinst, sie *lügen?*« fragte Lagon. »Aber zu welchem Zweck?«

Wäre Data ein Mensch gewesen, hätte er geseufzt. »Ich weiß es nicht«, erwiderte er.

Doch es mußte eine Antwort geben. Vielleicht konnten sie sie herausfinden, wenn sie analysierten, was sie über die Fremden wußten. Er drehte sich zu den anderen um und äußerte seine Hoffnung.

»Was wir über sie *wissen?*« wiederholte Felai. »Aber ... wir wissen doch *überhaupt nichts*.«

»Nein«, widersprach Sinna, »das stimmt nicht. Wir wissen, daß sie genau wie wir essen und atmen müssen, denn sie haben eine ähnliche Gestalt. Und ihre technologische Entwicklung entspricht etwa der unseren.«

»Wir wissen auch, daß sie Transporter haben«, sagte Odril murrend, »oder sie hätten diese Roboter nicht herüberbeamen können.« Er warf einen besorgten Blick auf den Bildschirm. »Aber ich begreife nicht, wie dieses Wissen uns weiterhelfen könnte – besonders, falls wir uns in der Annahme *irren*, daß ihre Waffen nicht einsatzbereit sind.«

Plötzlich hatte der Androide eine Idee. »Unsere Transporter funktionieren ebenfalls«, stellte er fest.

»Aber das hilft uns kaum weiter, oder?« schnaubte Felai.

Sinna sah Data an. »Ich begreife, worauf du hinauswillst. In beiden Fällen funktionieren die Transportersysteme. Aber wenn deine Theorie zutrifft, daß ihre Waffen nicht einsatzfähig sind, gilt das auch für unsere konventionelle Bewaffnung.«

Der Androide nickte, dankbar für ihre Unterstützung. »Es könnte sein, daß wir alle im ...« Er suchte nach dem richtigen Ausdruck. »... selben Boot sitzen«, beendete er den Satz schließlich.

»Aber wir *wissen* nicht, ob ihre Waffen nicht funktionieren«, wandte Odril ein. »Das ist nur eine Vermutung.«

»Und außerdem«, fügte Lagon hinzu, »wären sie in derselben Situation wie wir, wäre ihre Crew nicht auf der Brücke. Sie wäre verschwunden, genau wie unsere.«

Data drehte sich zu ihm um und sah ihn an. »Vielleicht *ist* ihre Besatzung verschwunden«, sagte er.

Lagon runzelte die Stirn. »Aber das kann nicht sein«, beharrte er. »Wir haben sie gesehen.«

»Wir haben *Außerirdische* gesehen«, berichtigte der Androide ihn. »Und wir sind zu der Schlußfolgerung gelangt, daß sie das Kommando haben, weil es logisch erschien. Doch es muß sich gar nicht um die normale Besatzung handeln. Vielleicht handelt es sich um unerfahrenes Personal, das sich nur als Brückenbesatzung *ausgibt*.«

Sinna brummte leise vor sich hin. »Eine Handvoll verängstigter Anfänger in einem fast funktionsuntüchtigen Schiff, die den Anschein erwecken wollen, sie verfügten sowohl über eine volle Besatzung als auch über ein einsatzfähiges Schiff. Das klingt immer vertrauter.«

»Da ist noch etwas«, erklärte Data. Es war ihm gerade in den Sinn gekommen. »Die Fremden tragen nichts, was Kommunikatoren ähnelt.«

»Und was, wenn sie niemals welche tragen?« fragte Odril. »Vielleicht hat ihre Spezies einfach keine Verwendung dafür.«

»Aber was, wenn doch?« erwiderte Sinna. »Was, wenn Data recht mit seiner Vermutung hat, daß wir nicht verschwunden sind, weil wir keine Kommunikatoren getragen haben?«

Felai sah sie an. »Du behauptest also, die Tatsache, daß die Fremden keine Kommunikatoren tragen, beweist Datas Theorie. Und dieser Theorie zufolge ist der Umstand, daß sie keine Kommunikatoren tragen, ein Indiz für ihre Hilflosigkeit.«

Lagon schüttelte den Kopf. »Das sind doch nur Spekulationen. Spekulationen und Vermutungen.«

Der Yann hatte nicht unrecht, gestand der Androide sich ein. Seine gesamte Theorie basierte auf Beobachtungen, für die es auch andere Erklärungen gab.

Doch wenn man eine dieser Beobachtungen nach der anderen aufreihte, ergab sich ein Gesamtbild, das schlüssig genug war, um seiner Hypothese Glaubwürdigkeit zu verleihen.

»Du hast recht«, sagte Data und schritt vor dem Kommandozentrum auf und ab. »Aber wenn wir das Phaserfeuer eröffnen und die Fremden so hilflos sind, wie ich glaube...«

Odril unterbrach ihn. »Wir kennen die Konsequenzen. Dann werden wir ein Schiff zerstören, das fast so hilflos wie das unsere ist – ganz zu schweigen von der Besatzung dieses Schiffes.«

»Aber wenn wir sie nicht zerstören, und unsere Theorie ist falsch...«, sagte Felai. Seine Stimme verhallte auf unheimliche Weise. »Für mich gibt es nur eine Möglichkeit. Wir müssen sie mit aller Energie angreifen, die wir aufbringen können – und uns über die moralischen Fragen später Gedanken machen.«

Der Androide schaute von Felai zu Odril und Lagon. Vielleicht hatten sie recht, gestand er sich insgeheim ein. Schließlich waren ihre Argumente genauso stichhaltig wie die seinen. Darüber hinaus hatten sie ihren Instinkt – worüber er als künstliches Wesen nicht verfügte.

»Noch zwei Minuten«, rief Odril. »Die Zeit wird knapp.«

Vielleicht waren die Yann klüger als er, sagte Data sich. Vielleicht war die Entscheidung richtig, dem Schlag der Fremden mit einem eigenen zuvorzukommen.

»Du mußt etwas tun«, beschwerte Lagon sich und funkelte den Androiden wütend an. »Du mußt uns verteidigen. Und du mußt es *jetzt* tun!«

8

»Nein.« Das Wort war über Datas Lippen gekommen, bevor er wußte, daß er es aussprechen würde. In Wirklichkeit war er genauso überrascht wie alle anderen auf der Brücke.

Einen langen Moment ertrug er die Blicke der Yann, die ihn mit aufklappenden Mündern ansahen, und fragte sich, was ihn getrieben hatte, Lagons Forderung so kategorisch abzulehnen. War es ein Teil seiner Programmierung, von dem er bis jetzt nichts gewußt hatte? Oder zögerte er einfach im tiefsten Kern seines Wesens, ein unbewaffnetes Geschöpf zu verletzen?

Zur weiteren Überraschung des Androiden pflichtete Sinna ihm bei. »Data hat recht«, erklärte sie. »Wir können unsere Phaser nicht auf Leute abschießen, die sich vielleicht nicht verteidigen können.«

»Was sagst du da?« fragte Odril. »Du bist eine von *uns*, Sinna. Du siehst doch sicher die Klugheit der Entscheidung ein ...«

»*Ich* sehe«, unterbrach Sinna ihn, »drei verängstigte Yann, die lediglich ihrem eigenen Überlebenstrieb gehorchen. Ich habe auch Angst – aber ich glaube an Datas Theorie. Und ich werde mich nicht an einem Angriff auf das fremde Schiff beteiligen.«

Der Androide sah, daß sie sich zu ihm umdrehte. Auf ihrem Gesicht lag ein Lächeln – kein sehr zuversichtliches, dachte er, aber trotzdem ein Lächeln.

Falls Sinna Vertrauen in seine Beobachtungen hatte – und sie war ein organisches Wesen, dessen Instinkte genauso stark wie die der anderen in der Zentrale ausgebildet waren –, war seine Entscheidung vielleicht doch richtig gewesen.

»Wenn ihr auf die Fremden schießen wollt«, sagte er zu den anderen Yann, »müßt ihr es ohne uns tun.«

»Aber ...«, stotterte Lagon. »Keiner von uns weiß, wie man die Phaser bedient.«

Data nickte mitfühlend. »Ja«, antwortete er. »Das ist mir bekannt.«

»Noch eine Minute«, rief Odril. Sein Gesicht sprach Bände. »Bitte ... bevor es zu spät ist.«

Doch der Androide blieb bei seiner Entscheidung und bewegte sich nicht. Er beobachtete einfach den Bildschirm. Sinna blieb neben ihm stehen.

»Vierzig Sekunden«, erinnerte Odril sie. »Fünfunddreißig. Dreißig.« Seine Stimme war von Verzweiflung durchdrungen, doch er schien es für seine Pflicht zu halten, die anderen über den Ablauf der Zeit zu unterrichten. »Fünfundzwanzig. Zwanzig.«

»Rufe das fremde Schiff«, sagte Data plötzlich.

Alle Yann, einschließlich Sinna, drehten sich zu ihm um. »Das wird aber auch Zeit«, murmelte Felai.

Sinna kniff die Augen zusammen. »Ich dachte ...«

Aber sie kam nicht mehr dazu, den Satz zu beenden. Sie wurde unterbrochen, als der Kommandant des fremden Schiffs auf dem Bildschirm erschien.

»Ihre Zeit ist fast vorbei«, erinnerte der Außerirdische sie. »Wenn Sie diesen Sektor verlassen wollen, müssen Sie es unverzüglich tun.«

Der Androide schüttelte den Kopf. »Ich habe nur Kontakt mit Ihnen aufgenommen, um Ihnen zu sagen, daß wir es uns nicht anders überlegt haben. Überdies werden wir keine Maßnahmen ergreifen, um Ihren Angriff abzuwehren.«

Der Außerirdische runzelte die Stirn über seiner knochigen Nase. »Was?« schnarrte er.

»Sie haben mich richtig verstanden«, bestätigte Data. »Wir werden weder unsere Position verlassen noch Verteidigungsmaßnahmen ergreifen. Wenn Sie imstande sind, Ihre Drohung auszuführen, halte ich Sie nicht davon ab.«

Der Außerirdische riß die Augen weit auf. Er blinzelte – nicht einmal, sondern zweimal. »Sind Sie verrückt?« fragte er.

Der Androide zuckte mit den Achseln. »Meine internen Diagnosesysteme weisen auf keine positronische Fehlfunktion hin«, erwiderte er ehrlich. »Warum fragen Sie?«

Der Fremde schien drauf und dran, eine Antwort zu geben, überlegte es sich dann aber doch anders. »Schon gut«, sagte er. »Wichtig ist lediglich, daß Sie sich unserer Aufforderung widersetzen. Da Sie sich nicht zurückziehen wollen, lassen Sir mir keine andere Wahl ... als Sie und Ihr Schiff zu vernichten.«

Er wartete, als rechne er mit einer vernünftigeren Antwort. Wäre es nach Odril, Lagon oder Felai gegangen, hätte er sie zweifellos auch bekommen. Doch die Yann bewahrten ihr Schweigen.

Trotz ihrer Frustration mußten sie wissen, daß es Ihnen nicht helfen würde, um Gnade zu bitten. Wenn sie schon sterben mußten, dann – so schienen sie zu denken – mit ein wenig Würde.

Jetzt, dachte Data, lautete die einzige Frage: Hatte

er die Fakten richtig interpretiert? Oder hatte er sie alle dem sicheren Tod überantwortet?

»Fünf«, flüsterte Odril. »Vier. Drei. Zwei.« Er erschauerte und sah auf den Bildschirm.

»Eins.«

Der Kommandant der Außerirdischen wandte den Blick von ihnen ab und gab einem seiner Brückenoffiziere ein Zeichen. »Aktivieren Sie die Waffenphalanx, Thibra. Volle Energie.«

»Volle Energie«, wiederholte der weibliche Offizier und bestätigte den Befehl zusätzlich noch mit einem Nicken. Sie blickte auf ihr Kontrollpult und hob eine Hand. Dann senkte sie sie langsam und bedächtig auf eine ovale Schaltfläche.

Und ... nichts geschah.

Keine zischenden Energiestrahlen, keine durch das All geschleuderten Plasmabomben, keine feurigen Tachyonentorpedos. *Nichts.*

»Große Gottheiten«, murmelte Felai. »Der Androide hatte recht. Ihre Waffen funktionieren nicht. Sie haben die ganze Zeit über geblufft.«

Sinna drehte sich zu Data um und lächelte. Sie mußte nichts sagen. Schon allein ihr Gesichtsausdruck verriet dem Androiden, wie sehr sie sich freute, daß sie für ihn Partei ergriffen hatte. Und auch, wie *erleichtert* sie war.

Auch der Kommandant der Fremden musterte Data mit neuem Respekt. »Anscheinend«, sagte er, »haben Sie herausgefunden, daß wir hilflos sind – obwohl wir versucht haben, es unbedingt zu verbergen. Ich bitte Sie lediglich, unser Leben schnell zu beenden.«

Der Androide schüttelte den Kopf. »Wir haben

nicht die Absicht, Sie zu vernichten«, erklärte er. »Unsere Besatzung ist nicht größer oder erfahrener als die Ihre – und bei unserem Schiff sind genau wie bei dem Ihren mehrere wichtige Systeme ausgefallen. Kurz gesagt, wir stecken in der gleichen Zwangslage wie Sie.«

Datas Gegenüber musterte ihn mißtrauisch. »*Sie* sind ebenfalls hilflos?« sagte es.

Der Androide nickte. »Es ist nur logisch, daß das, was mit Ihrem Schiff geschehen ist, auch unserem zugestoßen ist, und umgekehrt.«

Der Kommandant der Fremden schaute perplex drein. »Aber wenn Sie nicht das Feld errichtet haben, das unsere Führungsoffiziere von Bord geholt hat ... wer dann?«

Data neigte leicht den Kopf. »Ich gestehe ein, daß ich keine Kenntnisse über ein Feld habe«, sagte er. »Könnten Sie uns die relevanten Daten zukommen lassen?«

Der Fremde zuckte mit den Achseln. »Unter diesen Umständen wüßte ich nicht, warum nicht.«

Kurz darauf wurde das Bild des Kommandanten von mehreren Computergrafiken ersetzt. Natürlich unterschieden die Symbole auf dem Schirm sich von denen, die in der Föderation benutzt wurden, doch es waren genug Ähnlichkeiten vorhanden, um eine Interpretation zu ermöglichen.

»Faszinierend«, murmelte der Androide. »Das ist das Sensorlog des Schiffscomputers der Opsarra ...«

»Opsarra?« wiederholte Sinna.

Data warf ihr einen Blick zu und nickte. »So nennen sie sich. Auf jeden Fall enthält dieses Logbuch die Ereignisse unmittelbar vor dem Verschwinden der Führungsoffiziere der Opsarra. Offensichtlich sind ihre Instrumente empfindlicher als die unsrigen, denn...« Er zeigte auf eine Stelle etwa auf halber Höhe des linken Bildrands. »Zu diesem Zeitpunkt haben sie ein ziemlich großes Energiefeld entdeckt.«

»Groß genug, daß ein Schiff es passieren könnte?« fragte Sinna, obwohl sie die Antwort schon zu kennen schien.

»Sogar so groß«, erwiderte Data, »daß *mehrere* Schiffe von der Größe der *Yosemite* hindurchfliegen könnten. Ich vermute, daß genau das geschehen ist. Sowohl unser Schiff als auch das der Opsarra sind etwa zur gleichen Zeit in das Feld eingedrungen und wurden in etwa auf die gleiche Weise davon beeinträchtigt.«

Lagon räusperte sich. »Willst du damit sagen, daß dieses... dieses Feld für das Verschwinden der Besatzung verantwortlich ist? Und die Schiffssysteme lahmgelegt hat?«

»Das scheint die logische Schlußfolgerung zu sein«, erwiderte der Androide und richtete seine Aufmerksamkeit wieder auf die Symbole auf dem Bildschirm. »Überdies gibt es Beweise dafür, daß das Feld das interne Kommunikationsnetzwerk der *Yosemite* beeinflußt hat... möglicherweise während des Versuchs, die Besatzung der *Yosemite* mit Hilfe ihrer Kommunikatoren zu lokalisieren.«

Sinna sah ihn an. »Dann ist deine Vermutung... daß wir nicht mit dem Rest der Besatzung verschwunden sind, weil wir keine Kommunikatoren getragen haben...«

Der Androide nickte. »Das scheint diese Beobachtung zu unterstützen. Doch es führt uns auch zu einigen viel wichtigeren Fragen. Erstens … wer hat das Feld erzeugt? Und zweitens, zu welchem Zweck?«

»Du vergißt die wichtigste Frage überhaupt«, erinnerte Sinna ihn. »Und die lautet: Wie können wir die Schöpfer des Feldes überzeugen, uns unsere Leute zurückzugeben?« Sie drehte sich zu den fremdartigen Grafiken auf dem Bildschirm um. »Sie *alle.*«

»Vorausgesetzt, sie leben noch«, warf Lagon ein.

Data drehte sich zu dem Yanna um. »Obwohl ich über keine Instinkte verfüge, Lagon, gehe ich davon aus, daß unsere Gefährten nicht getötet wurden. Schließlich gibt es einfachere Möglichkeiten, unerwünschte Eindringlinge zu vernichten, falls es lediglich um ihre Vernichtung geht. Ich habe den Eindruck, daß das Energiefeld eine *humane* Verteidigung ist – ein sehr fortschrittlicher Transportermechanismus, der von einer Spezies entwickelt wurde, die auf ihre Zurückgezogenheit Wert legt.«

»Warum«, fragte Felai, »ist in diesem Fall nicht das gesamte Schiff transferiert worden?«

Der Androide schüttelte den Kopf. »Vielleicht ist die Technik der Schöpfer des Feldes einfach nicht imstande, eine so große Aufgabe zu bewältigen.«

Odril beugte sich vor. »Nehmen wir einmal an, du hast recht. Hast du dir schon einen Plan ausgedacht?«

»Ich gestehe, daß das noch nicht möglich war«, erwiderte Data. »Doch es ist klar, daß wir die Aufmerksamkeit der Schöpfer des Feldes bekommen – und sie darauf hinweisen müssen, daß weder wir noch die Opsarra ihnen Schaden zufügen wollen.«

Lagon schnaubte. »Wie sollen wir die Aufmerksamkeit einer Spezies auf uns ziehen, über die wir nichts wissen?«

»Wir haben noch immer die Phaserbänke«, sagte Sinna. »Falls sie tatsächlich funktionieren, müßten sie zumindest eine *Delle* in die Energiebarriere schießen können.«

»Augenblick mal!« rief Felai. Als die anderen sich zu ihm umdrehten, schluckte er heftig. »Was, wenn diese fortschrittliche Rasse einfach Angehörige anderer Lebensformen sammelt? Seid ihr sicher, daß ihr ihre Aufmerksamkeit erregen wollt?«

Data dachte über die Frage nach. »Wenn es Sammler wären, wie du sie beschreibst«, sagte er, »wären sie in dieser Hinsicht wahrscheinlich aktiv tätig – und würden nicht einfach darauf warten, daß solche Exemplare zu ihnen kommen.«

Odril nickte langsam. »Das klingt logisch. Übrigens«, fügte er hinzu, »klingt alles logisch, was du sagst.« Er drehte sich zu den anderen Yann um. »Ich glaube, wir sollten es versuchen – das mit dem Phaser, meine ich.«

Lagon atmete tief ein und wieder aus. »Wir müssen etwas unternehmen – und das scheint unsere vielversprechendste Möglichkeit zu sein.«

Felai nickte, wenn auch zögernd.

Sinna drehte sich zu Data um. »Dann sind wir uns in dieser Sache einig. Wir werden die Phaser aktivieren und eine Störung in dem Energiefeld schaffen – ganz gleich, was dabei herauskommt.«

Der Androide sah sie an. Erneut war er für ihren Beistand dankbar. »Nun gut«, sagte er. »Doch zuerst müssen wir noch einmal mit den Opsarra sprechen und sie über unser Vorhaben unterrichten.«

9

Zum Glück stimmten die Opsarra mit Datas Einschätzung der Lage überein. Sie beglückwünschten ihn sogar zu seinem Einfallsreichtum.

Doch als der Androide auf der Brücke stand und an der taktischen Konsole arbeitete, hatte er seine Zweifel. Die Fragen, die die Yann aufgeworfen hatten, waren berechtigt. Wenn sie die Aufmerksamkeit der Schöpfer des Feldes auf sich zogen, ermutigten sie sie damit vielleicht nur, zu vollenden, was sie begonnen hatten.

Natürlich gab es nur eine Möglichkeit, das herauszufinden. Data drehte sich zu Sinna um, die hinter den Kontrollen der technischen Station auf der Brücke stand, und nickte.

Das war das Zeichen für sie, die Informationen über das Energiefeld, die die Opsarra gesendet hatten, auf den Schirm zu bringen. Einen Augenblick später füllte der Monitor sich mit hellgrünen Grafiken.

Da ihre Sensoren das Feld nicht aufspüren konnten, handelte es sich dabei um die einzige Möglichkeit zu erfahren, welchen Schaden sie anrichteten. Es war Sinnas Aufgabe, die Kommunikationsverbindung aufrechtzuerhalten, so daß die Daten ungestört fließen konnten.

Die anderen Yann standen da und sahen zu. Auf ihren Gesichtern zeigte sich die gleiche Mischung aus Furcht und Faszination. Der Androide hoffte, daß nur die Faszination berechtigt gewesen war, wenn sie das alles hinter sich gebracht hatten.

Der nächste Schritt bestand darin, die Phaser der *Yosemite* auf die richtige Stelle des Feldes zu richten. Um sicherzugehen, daß sie die maximale Wirkung erzielten, hatte Data nach Schwachpunkten des Feldes gesucht – und erstaunlicherweise mehrere gefunden. Nachdem er sich für ein Ziel entschieden hatte, drückte er auf den Feuerknopf.

Einen so winzigen Zeitraum lang, daß man ihn fast nicht fassen konnte, zog der Androide die Möglichkeit in Betracht, daß ihre Arbeit im Feuerleitstand nicht effektiv gewesen war und die Phaser nicht funktionierten. Doch dann legte sich seine Besorgnis… als die Grafiken auf dem Bildschirm einen vollen und direkten Phasertreffer anzeigten.

Doch der hatte keine große Delle geschlagen; das Feld war noch intakt. Unter Datas Blicken richtete es sich wieder aus und korrigierte selbst den geringen Schaden, den sie erzielt hatten.

»Was ist los?« fragte Felai.

»Stimmt was nicht?« sagte Odril.

»Wir brauchen mehr Feuerkraft«, dachte der Androide laut nach.

Er konzentrierte sich auf die taktische Konsole, schaltete die Sicherheitsprogramme der *Yosemite* ab und entzog anderen Systemen die Energie, die er brauchte.

Zuerst verringerte er die Stärke der Deflektorschilde – wobei er ganz genau wußte, wie verwundbar sie dadurch wurden. Dann schaltete er die Lebenserhaltung in allen Decks außer dem ab, auf dem sie sich befanden.

Als schließlich praktisch alle Energiereserven des Schiffes den Phaserbatterien zur Verfügung standen, versuchte Data es ein zweites Mal. Er drückte auf den Feuerknopf und schaute auf den Bildschirm.

Diesmal erzielte der Treffer mehr Wirkung – reichte jedoch noch nicht aus, um das Feld zu durchdringen. Der Androide betrachtete die sich verändernden Grafiken der Fremden und stellte fest, auf welche Weise das Feld wiederhergestellt wurde. Dort, wo sich auch nur ein paar dünne Energiefäden befanden, zogen sie andere Fäden heran, um das Feld zu reparieren.

»Es funktioniert nicht«, sagte Lagon verdrossen. »Warum funktioniert es nicht?«

»Wir haben nicht genug Energie«, erklärte Sinna ihm. »Aber das werden wir ändern.« Sie warf Data einen verstohlenen Blick zu. »Oder?«

Der Androide nickte. »Ja«, sagte er. »In der Tat.«

Um die Energiebarriere zu durchdringen und die Aufmerksamkeit ihrer Urheber zu erringen, war er gezwungen... welchen Ausdruck benutzte Captain Thorsson immer? *Alles auf eine Karte zu setzen.* Mit anderen Worten – er mußte alle verfügbare Energie für einen einzigen Schuß aufwenden und hoffen, daß er keinen weiteren mehr brauchte.

Denn dafür stand ihm dann keine Energie mehr zur Verfügung.

Zum letztenmal zielte Data auf die schwache Stelle im Energiefeld. Die Phaser erfaßten das Ziel, und er programmierte den schmalsten, intensivsten Strahl, den die Batterien zustande brachten. Dann schoß er.

Auf dem Bildschirm sah er das Ergebnis. Die Energie traf auf das unbekannte Netzwerk – und riß ein Loch hinein. Es war kein besonders großes Loch, aber immerhin groß genug, um zu verhindern, daß das Energiefeld sich selbst reparierte.

»Wir haben es geschafft!« jubelte Lagon und lachte erleichtert auf. »Wir haben eine so große Lücke gerissen, daß ein *Schiff* hindurchpassen würde!«

Das war nicht gerade eine genaue Einschätzung, dachte Data. Doch sie hatten ihr Ziel erreicht. Sie hatten die Barriere tatsächlich so stark beschädigt, daß es deren Urhebern einfach auffallen *mußte* – falls es sie noch gab.

Doch als die Sekunden sich zu Minuten dehnten, erfolgte keine Reaktion. Data sah, daß die Yann Spuren von Ungeduld zeigten – sie trommelten mit den Fingern auf die Stationen der Brücke und wechselten besorgte Blicke.

»Sie unternehmen nichts wegen des Lochs«, stellte Felai fest. »Das ist kein gutes Zeichen.«

Odril trat neben den Androiden und warf einen Blick auf die taktischen Monitore. Er verstand nicht viel von dem, was darauf abgebildet war – aber genug, um zu sehen, wo das Problem lag.

Er schaute zu Data hoch. »Du hast die gesamte Energie des Schiffs aufgebraucht. Es ist gerade noch genug für die Lebenserhaltung auf der Brücke vorhanden – und auch die wird ziemlich schnell verbraucht sein.«

Felai runzelte die Stirn. »Aber ohne die Lebenserhaltung …« Seine ernst klingende Stimme verhallte.

Odril nickte nüchtern. »Werden wir alle sterben.« Er sah Data bedeutungsvoll an. »Vielleicht aber auch nicht *alle*. Sondern nur die, die *atmen* müssen, um zu leben.«

»Es gab keine andere Möglichkeit«, erwiderte der

Androide. »Entweder mußte ich alle Energie aufwenden oder unsere Niederlage eingestehen.«

»Vielleicht hätte es *doch* eine andere Möglichkeit gegeben«, warf Lagon ein. »Zumindest hätten wir darüber nachdenken können. Wir hätten darüber sprechen können. Jetzt ist es dafür zu spät.«

»Augenblick mal«, sagte Sinna. »Data hat sein Bestes gegeben. Keiner von uns hat auch nur den geringsten Grund, ihn zu ...«

Sie wurde von einem plötzlichen Lichtblitz auf dem Schirm unterbrochen – von einem Blitz, der die Grafiken der Opsarraner überdeckte und mit einer anderen Darstellung überlagerte. Erst eine, zwei Sekunden später begriff der Androide, daß es sich um ein *Gesicht* handelte.

Natürlich unterschied es sich von jedem anderen Gesicht, das er bislang gesehen hatte. Es war nicht einmal entfernt humanoid, sondern erinnerte an eine Ansammlung von Lederwülsten, die von einem schmalen, metallisch aussehenden Stab getragen wurden. Wären nicht die glatten, schwarzen Kugeln ungefähr dort gewesen, wo die Augen sein sollten, hätte Data es vielleicht gar nicht als Gesicht erkannt.

»Ich bin S'rannit von den T'chakat«, sagte der Außerirdische. Seine Stimme – oder vielleicht auch *ihre* – war kaum mehr als ein Zirpen. »Ich bin verwirrt. Warum greifen Sie unser Feld an? Wäre es nicht einfacher gewesen, es zu umgehen, nachdem Sie es entdeckt haben, und Ihr *wahres* Ziel anzugreifen – unsere Zivilisation?«

Der Androide trat einen Schritt vor. »Ich bin Data von der Föderation. Wir wollen Ihrer Zivilisation keinen Schaden zufügen – und auch keiner anderen,

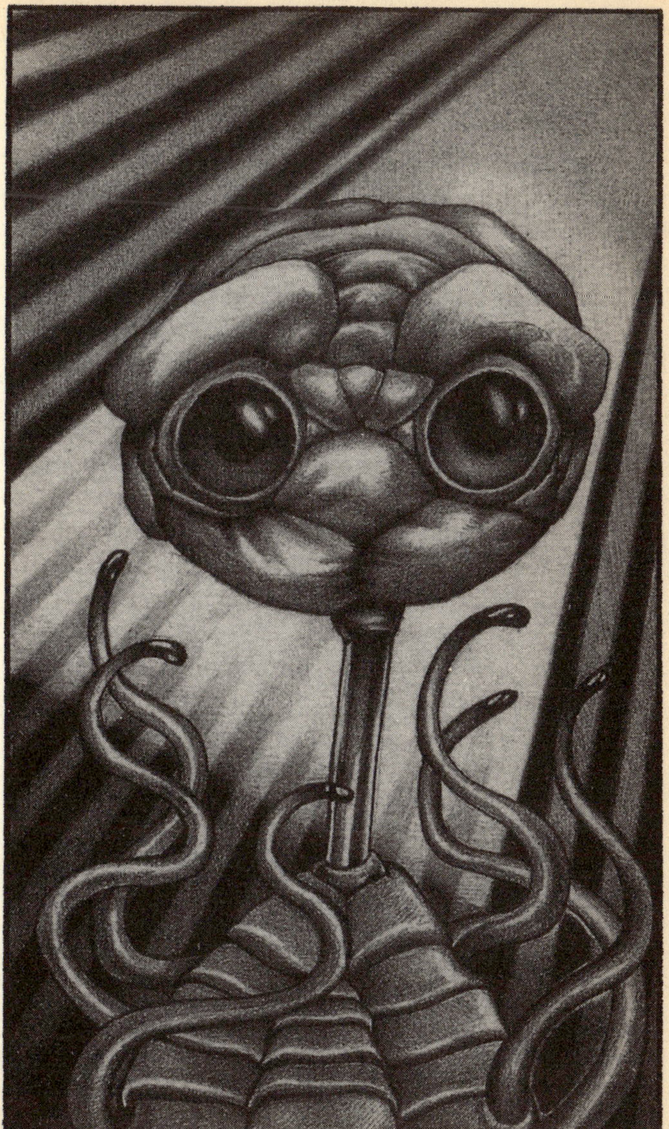

was das betrifft. Das Computerlogbuch unseres Schiffes wird das beweisen – wie auch das unserer Gefährten, der Opsarra. Wir möchten lediglich, daß Sie uns unsere Gefährten zurückgeben.«

Die lederartigen Wülste schienen sich zusammenzuziehen und dann wieder auszuweiten, wenn auch nicht alle gleichzeitig. »Was haben Sie hier zu suchen, wenn Sie uns keinen Schaden zufügen wollen, wie Sie behaupten?«

»Wir sind einfach durch diesen Sektor geflogen«, erklärte der Androide. »Wir haben nicht gewußt, daß wir damit jemanden stören.«

»Und Ihr Angriff auf unser Feld?« fragte S'rannit.

»Wir haben keine andere Möglichkeit gesehen, mit Ihnen Kontakt aufzunehmen ... einen Dialog zu beginnen. Indem wir Ihr Feld angriffen, wollten wir Sie dazu bewegen, mit uns zu kommunizieren.«

Der Außerirdische gab ein Geräusch von sich, das Menschen machten, wenn ihnen etwas im Hals steckengeblieben war. Doch er – oder war es eine *Sie*? – zeigte keine Spur von Unbehagen. Der Androide hatte den entschiedenen Eindruck, daß S'rannit die Situation in gewisser Hinsicht *lustig* fand.

»Offensichtlich«, stellte der Außerirdische fest, »waren Ihre Versuche erfolgreich, eine Kommunikation in die Wege zu leiten. Das war sehr klug von Ihnen.«

Erneut schienen die Wülste von S'rannits Gesicht sich zusammenzuziehen und wieder auszudehnen. Wenn Datas Interpretation der Bedeutung richtig war, war der Außerirdische soeben wieder ernster geworden.

Eine ganze Weile – schließlich sogar eine volle Minute – schwieg S'rannit. Die Yann wurden unruhig und begannen, leise untereinander zu flüstern. Doch der Androide sagte nichts. Er erwiderte lediglich den Blick des Fremden und wartete.

Schließlich ergriff S'rannit wieder das Wort. »Wir haben uns entschlossen, Ihrer Bitte nachzukommen und Ihnen Ihre Gefährten zurückzugeben… und auch die der Opsarra. Leider hat unsere Zivilisation in jüngster Vergangenheit häufig Kontakt mit Aggressoren gehabt. Deshalb haben wir das Feld ursprünglich errichtet. Doch unsere Erfahrung hat uns gelehrt, daß wirklich kriegerische Spezies nur selten versuchen, ihre verschwundenen Kameraden zurückzubekommen. Sie geben einfach auf und halten nach leichterer Beute Ausschau.«

Data spürte, daß Sinna ihn am Arm faßte. »Wir haben es geschafft«, flüsterte sie, sorgsam darauf bedacht, daß der T'chakat sie nicht verstehen konnte.

Aber S'rannit schien sie trotzdem gehört zu haben. Offensichtlich war sein Gehör schärfer als das der Yann.

»Ja«, pflichtete der Außerirdische ihr bei. »Sie haben Ihr Ziel erreicht. Doch wir verlangen, daß Sie – und auch die Opsarra – sich aus diesem Gebiet zurückziehen, sobald Ihre Mannschaften wieder an Bord sind.«

»Ich bedauere, Sie darüber informieren zu müssen«, sagte der Androide, »daß dies unmöglich ist. Denn sowohl unser Schiff als auch das der Opsarra sind bei dem Kontakt mit Ihrem Feld beschädigt worden und müssen dringend repariert werden; in beiden Fällen sind auch die Systeme ausgefallen, die für unsere Fortbewegung durchs All notwendig sind.«

Erneut gab der S'rannit dieses würgende Geräusch

von sich. Diesmal war sich Data *sicher,* daß es mit einem Gelächter verwandt war.

»Nun gut«, antwortete der Außerirdische. »Wir gestehen Ihnen einen angemessenen Zeitraum für die Reparaturen zu. Außerdem werden wir Energie von unserem Feld in Ihr Schiff transferieren, denn wir haben soeben festgestellt, daß Sie Ihre Reserven mit Ihrem kühnen Manöver fast verbraucht haben. Doch wenn Sie wieder zum interstellaren Flug fähig sind, müssen Sie uns verlassen und versprechen, nie zurückzukehren.«

»Ich bin mit Ihren überaus großzügigen Bedingungen einverstanden«, erklärte der Androide. »Und ich glaube, daß mein Pendant bei den Opsarra ebenfalls einverstanden sein wird.«

»Gut«, sagte S'rannit. »Dann haben wir eine Übereinkunft erzielt.«

Im nächsten Augenblick verschwand sein Gesicht – oder war es tatsächlich *ihr* Gesicht? – mit einem Lichtblitz vom Bildschirm, auf dem wieder die opsarranischen Grafiken erschienen, die sich zuvor darauf befunden hatten.

Data schaute zu Lagon, Odril und Felai, die sich an einer Stelle hinter ihm zusammengedrängt hatten. Die Yann sahen ihn an.

»Sie haben gesagt, sie würden unsere Besatzung zurückgeben«, erinnerte Felai den Androiden. »Wo sind …?«

Bevor er den Satz beenden konnte, wurde die Brücke in ein blauweißes Leuchten gehüllt, das sogar Data die Augen zusammenkneifen ließ. Als es erlosch, war die Zentrale voller Leute in Starfleet-Uniformen.

Die Brückenbesatzung war wieder da. Und nicht nur die Brückenbesatzung, vermutete der Androide, sondern auch jedes andere Besatzungsmitglied des Schiffes … als wären sie nie verschwunden gewesen.

Captain Rumiel stand vor seinem Stuhl und sah sich um. »Wir sind wieder da«, flüsterte er. »Wir sind zurück auf der *Yosemite*.«

»Das ist korrekt«, sagte Data, obwohl er wußte, daß er das Offensichtliche äußerte. »Die T'chakat haben Sie gehen lassen, sobald ihnen klar war, daß sie von uns nichts zu befürchten haben.«

Der Captain kniff die Augen zusammen. »Die … T'chakat? Das sind diejenigen, die uns in diese große Zelle gesteckt haben?«

»Ich kenne den Ort nicht, von dem Sie sprechen«, erwiderte der Androide. »Doch es handelt sich in der Tat um die, die Sie gefangengenommen haben.«

Rumiel legte den Kopf zur Seite. »Und woher wissen Sie das?«

»Wir haben mit ihnen gesprochen«, sagte Data. »Und sie sind ganz umgänglich, sobald man sie erst mal kennt.«

Der Captain schien nicht mehr weiterzuwissen. »Was sagen Sie da? *Sie* sind dafür verantwortlich, daß sie uns freigelassen haben?« Er warf Data und den Yann einen ungläubigen Blick zu. »Jetzt hören Sie aber auf. Erzählen Sie mir nicht, daß eine Handvoll Kadetten das geschafft hat?«

»Ich werde Ihrer Bitte nachkommen«, sagte der Androide. »Doch das wird eine beträchtliche Lücke in Ihrem Verständnis der Situation zurücklassen.«

Der Captain kniff die Augen noch stärker zusammen. »Dann *sind* Sie dafür verantwortlich.« Langsam kroch ein Lächeln über sein Gesicht. »Sie werden mir mehr darüber erzählen müssen, Mr. Data – später. Zuerst muß ich mich mit einem fremden Schiff befassen.«

»Sie meinen die Opsarra?« fragte Data.

Captain Rumiel nahm auf seinem Sessel Platz und richtete den Blick auf den Bildschirm. »Die Opsarra?« wiederholte er kurz angebunden. »Wer ist denn das schon wieder?«

»Die Opsarra«, erwiderte der Androide glatt, »sind die Wesen, mit denen Sie Kontakt aufnehmen wollten... mit denen *wir* bereits Kontakt aufgenommen *haben*. Sie werden feststellen, daß sie ganz ähnliche Erfahrungen wie wir mit den Schöpfern des Feldes gemacht haben und nur allzugern bereit sein werden, diesen Sektor zu verlassen – sobald sie die Reparaturen durchgeführt haben, die auch wir durchführen müssen.«

Das Gesicht des Captains bewölkte sich. »Reparaturen«, murmelte er, als es ihm wieder einfiel. »Das stimmt... wir haben einen ziemlichen Treffer abbekommen, nicht wahr?« Er wandte sich an die Operatorstation. »Wie ist unser Zustand, Fähnrich Turner?« fragte er.

Die Frau runzelte die Stirn. »Die meisten unserer Systeme sind ausgefallen, Sir... einschließlich des Warpantriebs... obwohl wir im Augenblick über jede Menge Energie zu verfügen scheinen.« Sie hielt inne. »Zum Glück funktioniert die Lebenserhaltung noch – obwohl sie anscheinend bis vor ein paar Minuten auf allen Decks außer diesem abgeschaltet war.«

Innerlich dankte Data den T'chakat. Sie hatten nicht nur, wie versprochen, der *Yosemite* Energie zugeführt, sondern auch die Lebenserhaltung wieder aktiviert. Hätten sie das nicht getan, würden in diesem Augenblick im gesamten Schiff Besatzungsmitglieder in höchster Gefahr schweben.

»Und die Opsarra?« fuhr Captain Rumiel fort.

»Sie sind genauso schlimm dran wie wir«, erwiderte Fähnrich Turner.

Der Captain schnaubte und wandte sich seinem Ersten Offizier zu. »Commander Leyritz, Sie haben das Kommando. Bevor wir etwas unternehmen, sollte ich ausführlich mit unseren jungen Freunden hier sprechen.«

Rumiel erhob sich und ging zu den Türen des Turbolifts. »Kadetten«, rief er über die Schulter zurück. »Besprechungsraum. Sofort.«

Gehorsam folgte der Androide dem befehlshabenden Offizier der *Yosemite.* Er war überzeugt davon, daß sie dem Raum alle Ehre machen und sich sehr lange besprechen würden.

Schließlich hatte Data die Roboter noch nicht einmal *erwähnt*.

10

Als Data um eine Ecke bog und zur Lounge des Schiffes ging, stellte er fest, daß das Leben an Bord der *Yosemite* sich wieder normalisiert hatte. Es gab keine Spuren mehr von den Robotern der Opsarra oder den Schwerkraftfallen, die sie unschädlich gemacht hatten, und die Wandpaneele, die von dem Feuer der Roboter versengt worden waren, waren durch neue ersetzt worden.

Eines hatte sich nicht geändert. Wie zuvor flüsterten die Besatzungsmitglieder, denen er im Korridor begegnete, nachdem er an ihnen vorbeigegangen war.

Doch diesmal galten die Bemerkungen nicht seinem Mangel an Blut, der Farbe seiner Augen oder der seiner Haut. Nun sprachen sie darüber, was er während ihrer Abwesenheit bewerkstelligt hatte.

»Er hat uns gerettet«, sagte einer. »Er und diese anderen Kadetten.«

»Ohne sie wären wir noch in dieser Zelle und würden hoffen, daß zufällig jemand kommt und uns findet.«

»Der Captain sagt, was er getan hat, sei brillant gewesen. Und obendrein noch tapfer.«

»Das kann ich unterstreichen. Ich glaube nicht, daß ich so klug gehandelt hätte und aus diesem Schlamassel herausgekommen wäre.«

Ja, die Bemerkungen hatten sich geändert. Dann

und wann lächelte ein Besatzungsmitglied ihm sogar zu.

Aber er wünschte, sie hätten diese Dinge *zu* ihm gesagt, statt *über* ihn. Dann wäre er sich nicht mehr so sehr wie eine Kuriosität in ihrer Mitte vorgekommen. Er hätte sich nicht mehr so … *abgesondert* gefühlt.

Zum Glück war Captain Rumiel mit seinem Lob direkter gewesen. »Data«, hatte er gesagt, »Sie und Ihre Freunde haben einen beträchtlichen Einfallsreichtum gezeigt. Sie haben herausgefunden, daß die Opsarra nicht Ihr Feind waren, Sie haben die Wesen gefunden, die dieses Feld geschaffen haben, und Sie haben diese Leute überzeugt, uns freizulassen.

Noch wichtiger ist, daß die Opsarra aufgrund der Erfahrungen, die sie mit Ihnen und den Yann gemacht haben, einem formellen Erstkontakt zugestimmt haben. Das wäre auch für einen erfahrenen Captain sehr gute Arbeit gewesen, ganz zu schweigen von einem Rekruten, der noch nicht mal eine Uniform der Starfleet-Akademie trägt. Ich würde sagen, Sie erwartet eine lange und ruhmreiche Karriere.«

Der Androide war dankbar für die günstige Prognose. Doch der Captain war nur *ein* Mensch. Data mußte sich noch vielen anderen beweisen.

Des weiteren hatte Captain Rumiel sich in einer Hinsicht geirrt: Die Yann waren, genau genommen, nicht seine Freunde. Seit der Rückkehr der Besatzung hatte er sie weder gesehen, noch etwas von ihnen gehört. Zwar traf zu, daß auch er sich nicht bei ihnen gemeldet hatte; aber andererseits wollte er sich nicht aufdrängen, wenn er nicht erwünscht war.

Schließlich erreichte der Androide sein Ziel: die Lounge des Schiffes. Seine Anwesenheit dort hatte keinen besonderen Grund, doch er hatte schon vor geraumer Zeit beschlossen, sich nicht ständig in seinem Quartier aufzuhalten. Schließlich waren zwischenmenschliche Beziehungen bei der Führung eines Raumschiffs wichtig – und die einzige Möglichkeit, seine Fertigkeiten in dieser Hinsicht zu vervollkommnen, war die, sich unter andere Besatzungsmitglieder zu mischen.

Vielleicht würde er eines Tages tatsächlich imstande sein, die Initiative zu ergreifen und ein Gespräch anzufangen. Doch zur Zeit begnügte er sich damit, einfach dort zu sitzen und zu beobachten.

Als die Türen sich vor ihm öffneten, studierte Data sofort die Gesichter der Besatzungsmitglieder in dem Raum. Zufällig hatte er mit keinem einzigen Anwesenden je gesprochen.

Mit Ausnahme einer Gruppe, der der anderen Kadetten.

Wie zu erwarten, saßen die Yann zusammen an einem Tisch in der Mitte des Raums. Sie waren so in ihr Gespräch vertieft, daß sie nicht mal aufschauten, als er hereinkam.

Aber andererseits – warum sollten sie auch? Nur weil sie fünf als Team zusammengearbeitet hatten, um das Schiff zu retten? Das war nur eine befristete Gemeinschaft gewesen, entstanden aus gemeinsamer Gefahr und Notwendigkeit, sagte der Androide sich, als er zu einem leeren Tisch in einer Ecke ging. Doch als er sich setzte, wünschte er sich unwillkürlich, es wäre anders. Er hatte die Erfahrung genossen, Teil einer Gruppe zu sein. Und da er nun wußte, wie es war, fiel es ihm viel schwerer, wieder für sich und allein zu bleiben.

»Entschuldigung«, sagte eine Stimme. Noch bevor Data aufschaute, erkannte er sie als die Sinnas. Sie lächelte zu ihm hinab. »Ist dieser Platz besetzt?« fragte sie.

Der Androide sah sie verwirrt an. »Natürlich nicht«, erwiderte er. »Es sieht doch jeder, daß niemand darauf sitzt.«

Ihr Lächeln wurde breiter. »Du mußt nicht immer alles so wörtlich nehmen, Data. Das ist nur so ein Ausdruck. Mit anderen Worten ... ich frage dich damit, ob ich mich setzen darf.«

Als ihm die Bedeutung von Sinnas Worten dämmerte, nickte Data. »Natürlich darfst du dich setzen. Bitte sehr.«

Als Sinna Platz nahm, schaute Data kurz zu den anderen Yann hinüber. Sie saßen noch immer an dem Tisch in der Mitte, doch ihre Blicke schienen auf den Androiden gerichtet zu sein. Nein – auf Sinna, wurde ihm klar. Sie beobachteten sie, wollten feststellen, was sie tat.

»Data?«

Er sah sie an. »Ja?« erwiderte er.

Sinna beugte sich vor. »Data, ich möchte deine Freundin sein. Wärest du gern *mein* Freund?«

Ihm fiel kaum etwas ein, was ihm lieber gewesen wäre. »Das würde mir sehr gefallen«, sagte er. Und er wollte ihr noch etwas sagen. »Ich möchte dir danken.«

Sie runzelte überrascht die Stirn. »Wofür?«

»Für das Vertrauen, das du gestern in meine Fähigkeiten gesetzt hast. Ohne dich hätte ich vielleicht

nicht den Mut gehabt, meiner Analyse der Situation entsprechend zu handeln.«

Sinna schüttelte den Kopf. »Ich sollte dir danken«, beharrte sie. »Hättest du mich nicht den Wert unabhängigen Denkens gelehrt, hätte ich nie die Kraft gehabt, anderer Meinung als die anderen Yann zu sein.«

Dieser Aspekt der Situation war ihm nicht in den Sinn gekommen – und es war ein überaus faszinierender Aspekt. Es war möglich, überlegte er, daß zwei Parteien auf verschiedene Weise von ein und derselben Erfahrung profitierten. Er würde sich daran erinnern müssen, sagte er sich, und die Erkenntnis abspeichern, um in Zukunft darauf zurückgreifen zu können.

»In der Tat«, fuhr Sinna fort, »beneide ich dich sogar, Data. Es muß sehr schön sein, sich von allen anderen zu unterscheiden. Zu denken und zu handeln, wie es einem gefällt, ohne befürchten zu müssen, daß sein Verhalten mit dem eines anderen verglichen werden wird. Aus einer Menge herauszuragen, weil man der ist, der man ist. Kurz gesagt, *einzigartig* zu sein.«

Das war die verwirrendste Aussage von allen. »Wie ich es sehe«, gestand der Androide ein, »trifft eher das Gegenteil zu. Ich habe gerade über die Vorteile nachgedacht, die es mit sich bringt, Teil einer Gruppe zu sein … und welchen Trost man aus solch einem Umstand ziehen kann.«

Sie lachte. »Wirklich?«

Data nickte. »Ich bin nicht auf Täuschung programmiert«, erinnerte er sie. »Obwohl ich nun, da ich etwas Zeit hatte, deine Worte aufzunehmen, einsehe, daß es vielleicht doch einige Vorteile mit sich bringt, einzigartig zu sein.«

Natürlich wünschte er sich noch immer, Teil einer größeren Gemeinschaft zu sein – Starfleet-Offizier zu werden, wie Captain Thorsson ihm geraten hatte. Doch die Erkenntnis half, daß jemand ihn schätzte, weil er war, was er *bereits jetzt* war.

»Weißt du«, sagte Sinna und beugte sich noch näher zu ihm, »ich kann es kaum abwarten, auf die Akademie zu gehen. Nach dem, was wir hier auf der *Yosemite* erlebt haben, müßten wir den anderen einen Schritt voraus sein.«

»Einen Schritt... voraus?« wiederholte er hilflos und schaute zu seinen Füßen hinab. »Ich verstehe den Bezug nicht. Willst du damit sagen, daß...«

Die Yanna hob eine Hand. »Schon in Ordnung, Data. Wir machen einfach einen Schritt nach dem anderen.«

Der Androide kam zum Schluß, daß dies unter den gegebenen Umständen eine gute Idee war.

STAR TREK™

in der Reihe
HEYNE SCIENCE FICTION & FANTASY

STAR TREK: CLASSIC SERIE

Vonda N. McIntyre, Star Trek II: Der Zorn des Khan · 06/3971
Vonda N. McIntyre, Der Entropie-Effekt · 06/3988
Robert E. Vardeman, Das Klingonen-Gambit · 06/4035
Lee Correy, Hort des Lebens · 06/4083
Vonda N. McIntyre, Star Trek III: Auf der Suche nach Mr. Spock · 06/4181
S. M. Murdock, Das Netz der Romulaner · 06/4209
Sonni Cooper, Schwarzes Feuer · 06/4270
Robert E. Vardeman, Meuterei auf der Enterprise · 06/4285
Howard Weinstein, Die Macht der Krone · 06/4342
Sondra Marshak & Myrna Culbreath, Das Prometheus-Projekt · 06/4379
Sondra Marshak & Myrna Culbreath, Tödliches Dreieck · 06/4411
A. C. Crispin, Sohn der Vergangenheit · 06/4431
Diane Duane, Der verwundete Himmel · 06/4458
David Dvorkin, Die Trellisane-Konfrontation · 06/4474
Vonda N. McIntyre, Star Trek IV: Zurück in die Gegenwart · 06/4486
Greg Bear, Corona · 06/4499
John M. Ford, Der letzte Schachzug · 06/4528
Diane Duane, Der Feind – mein Verbündeter · 06/4535
Melinda Snodgrass, Die Tränen der Sänger · 06/4551
Jean Lorrah, Mord an der Vulkan Akademie · 06/4568
Janet Kagan, Uhuras Lied · 06/4605
Laurence Yep, Herr der Schatten · 06/4627
Barbara Hambly, Ishmael · 06/4662
J. M. Dillard, Star Trek V: Am Rande des Universums · 06/4682
Della van Hise, Zeit zu töten · 06/4698
Margaret Wander Bonanno, Geiseln für den Frieden · 06/4724
Majliss Larson, Das Faustpfand der Klingonen · 06/4741
J. M. Dillard, Bewußtseinsschatten · 06/4762
Brad Ferguson, Krise auf Centaurus · 06/4776
Diane Carey, Das Schlachtschiff · 06/4804
J. M. Dillard, Dämonen · 06/4819
Diane Duane, Spocks Welt · 06/4830
Diane Carey, Der Verräter · 06/4848
Gene DeWeese, Zwischen den Fronten · 06/4862
J. M. Dillard, Die verlorenen Jahre · 06/4869

STAR TREK™

Howard Weinstein, Akkalla · 06/4879
Carmen Carter, McCoys Träume · 06/4898
Diane Duane & Peter Norwood, Die Romulaner · 06/4907
John M. Ford, Was kostet dieser Planet? · 06/4922
J. M. Dillard, Blutdurst · 06/4929
Gene Roddenberry, Star Trek (I): Der Film · 06/4942
J. M. Dillard, Star Trek VI: Das unentdeckte Land · 06/4943
David Dvorkin, Die Zeitfalle · 06/4996
Barbara Paul, Das Drei-Minuten-Universum · 06/5005
Judith & Garfield Reeves-Stevens, Das Zentralgehirn · 06/5015
Gene DeWeese, Nexus · 06/5019
D. C. Fontana, Vulkans Ruhm · 06/5043
Judith & Garfield Reeves-Stevens, Die erste Direktive · 06/5051
Michael Jan Friedman, Das Doppelgänger-Komplott · 06/5067
Judy Klass, Der Boacozwischenfall · 06/5086
Julia Ecklar, Kobayashi Maru · 06/5103
Peter Norwood, Angriff auf Dekkanar · 06/5147
Carolyn Clowes, Das Pandora-Prinzip · 06/5167
Diana Duane, Die Befehle des Doktors · 06/5247
V. E. Mitchell, Der unsichtbare Gegner · 06/5248
Dana Kramer-Rolls, Der Prüfstein ihrer Vergangenheit · 06/5273
Michael Jan Friedman, Schatten auf der Sonne · 06/5179
Barbara Hambly, Der Kampf ums nackte Überleben · 06/5334
Brad Ferguson, Eine Flagge voller Sterne · 06/5349
Gene DeWeese, Die Kolonie der Abtrünnigen · 06/5375
Michael Jan Friedman, Späte Rache · 06/5412
Peter David, Der Riß im Kontinuum · 06/5464
Michael Jan Friedman, Gesichter aus Feuer · 06/5465
Peter David/Michael Jan Friedman/Robert Greenberger, Die Enterbten · 06/5466
L. A. Graf, Die Eisfalle · 06/5467

STAR TREK: THE NEXT GENERATION
David Gerrold, Mission Farpoint · 06/4589
Gene DeWeese, Die Friedenswächter · 06/4646
Carmen Carter, Die Kinder von Hamlin · 06/4685
Jean Lorrah, Überlebende · 06/4705
Peter David, Planet der Waffen · 06/4733
Diane Carey, Gespensterschiff · 06/4757
Howard Weinstein, Macht Hunger · 06/4771

STAR TREK™

John Vornholt, Masken · 06/4787
David & Daniel Dvorkin, Die Ehre des Captain · 06/4793
Michael Jan Friedman, Ein Ruf in die Dunkelheit · 06/4814
Peter David, Eine Hölle namens Paradies · 06/4837
Jean Lorrah, Metamorphose · 06/4856
Keith Sharee, Gullivers Flüchtlinge · 06/4889
Carmen Carter u. a., Planet des Untergangs · 06/4899
A. C. Crispin, Die Augen der Betrachter · 06/4914
Howard Weinstein, Im Exil · 06/4937
Michael Jan Friedman, Das verschwundene Juwel · 06/4958
John Vornholt, Kontamination · 06/4986
Mel Gilden, Baldwins Entdeckungen · 06/5024
Peter David, Vendetta · 06/5057
Peter David, Eine Lektion in Liebe · 06/5077
Howard Weinstein, Die Macht der Former · 06/5096
Michael Jan Friedman, Wieder vereint · 06/5142
T. L. Mancour, Spartacus · 06/5158
Bill McCay/Eloise Flood, Ketten der Gewalt · 06/5242
V. E. Mitchell, Die Jarada · 06/5279
John Vornholt, Kriegstrommeln · 06/5312
Laurell K. Hamilton, Nacht über Oriana · 06/5342
David Bischoff, Die Epidemie · 06/5356
Diane Carey, Abstieg · 06/5416
Michael Jan Friedman, Relikte · 06/5419
Michael Jan Friedman, Die Verurteilung · 06/5444
Simon Hawke, Die Beute der Romulaner · 06/5413
Rebecca Neason, Der Kronprinz · 06/5414 (in Vorb.)

STAR TREK: DIE ANFÄNGE
Vonda N. McIntyre, Die erste Mission · 06/4619
Margaret Wander Bonanno, Fremde vom Himmel · 06/4669
Diane Carey, Die letzte Grenze · 06/4714

STAR TREK: DEEP SPACE NINE
J. M. Dillard, Botschafter · 06/5115
Peter David, Die Belagerung · 06/5129
K. W. Jeter, Die Station der Cardassianer · 06/5130
Sandy Schofield, Das große Spiel · 06/5187
Lois Tilton, Verrat · 06/5323
Diane Carey, Die Suche · 06/5432

STAR TREK™

Esther Friesner, Kriegskind · 06/5430
Melissa Scott, Der Pirat · 06/5434 (in Vorb.)
Nathan Archer, Walhalla · 06/5512 (in Vorb.)

STAR TREK: STARFLEET KADETTEN
John Vornholt, Generationen · 06/6501
Peter David, Worfs erstes Abenteuer · 06/6502
Peter David, Mission auf Dantar · 06/6503
Peter David, Überleben · 06/6504
Brad Strickland, Das Sternengespenst · 06/6505
Brad Strickland, In den Wüsten von Bajor · 06/6506
John Peel, Freiheitskämpfer · 06/6507
Mel Gilden & Ted Pedersen, Das Schoßtierchen · 06/6508
John Vornholt, Erobert die Flagge! · 06/6509
V. E. Mitchell, Die Atlantis Station · 06/6510
Michael Jan Friedman, Die verschwundene Besatzung · 06/6511
Michael Jan Friedman, Das Echsenvolk · 06/6512

STAR TREK: VOYAGER
L. A. Graf, Der Beschützer · 06/5401
Peter David, Die Flucht · 06/5402
Nathan Archer, Ragnarök · 06/5403
Susan Wright, Verletzungen · 06/5404 (in Vorb.)
John Betancourt, Der Arbuk-Zwischenfall · 06/5405 (in Vorb.)

DAS STAR TREK-UNIVERSUM, 2 Bde.,
überarbeitete und aktualisierte Neuausgabe!
von *Ralph Sander* · 06/5150

DAS STAR TREK-UNIVERSUM, Ergänzungsband
von *Ralph Sander* · 06/5151

William Shatner/Chris Kreski, Star Trek Erinnerungen · 06/5188
William Shatner/Chris Kreski, Star Trek Erinnerungen: Die Filme · 06/5450

Phil Farrand, Cap'n Beckmessers Führer durch STAR TREK – DIE NÄCHSTE GENERATION · 06/5199
Phil Farrand, Cap'n Beckmessers Führer durch STAR TREK – DIE CLASSIC SERIE · 06/5451

Diese Liste ist eine Bibliographie erschienener Titel
KEIN VERZEICHNIS LIEFERBARER BÜCHER!